Ludwig Hänselmann

Karl Friedrich Gauss - zwölf Kapitel aus seinem Leben

Ludwig Hänselmann

Karl Friedrich Gauss - zwölf Kapitel aus seinem Leben

ISBN/EAN: 9783743621206

Hergestellt in Europa, USA, Kanada, Australien, Japan

Cover: Foto ©Raphael Reischuk / pixelio.de

Manufactured and distributed by brebook publishing software (www.brebook.com)

Ludwig Hänselmann

Karl Friedrich Gauss - zwölf Kapitel aus seinem Leben

K. F. Gauß.

Karl Friedrich Gauß.

Zwölf Kapitel

aus seinem Leben

von

Ludwig Hänselmann,

Stadtarchivar in Braunschweig.

Leipzig,
Duncker & Humblot.
1878.

Karl Friedrich Gauß.

Wie klein oder wie groß, wie verborgen oder handgreiflich
der Einfluß sei, den die Gegebenheiten seiner Geburtsstätte
auf die Entwickelung eines großen Mannes ausgeübt haben —
das Recht seiner näheren Landsleute, ihn mit Emphase den
Ihrigen zu nennen, sich seines Ruhmes in höherem Grade
als Andere seines Volkes theilhaft zu fühlen, wird niemals
bestritten. Und zunächst auf dieses selbstverständliche Recht
hin durften wir dieser Tage beschließen, dem Größten welcher
je aus Braunschweig hervorgegangen ist, Karl Friedrich
Gauß, ein Denkmal zu errichten, das nicht nur unser Zoll
sei zu dem Danke welchen die Welt ihm schuldet, das zugleich auch den Antheil unserer Stadt an den Ehren seines
Namens bezeuge.

Unstreitig jedoch wird es diesem Anspruche zu statten
kommen, wenn wir dafür nicht bloß den Zufall anführen
können, der Gauß hier das Licht der Welt erblicken ließ,
wenn zugleich auch zu erweisen ist, daß Braunschweig ihm
eine freundliche Nähr·Amme gewesen, daß es ihm dargeboten was nöthig war, damit er Der wurde welchem die
Welt bewundernd huldigt, daß er selber von der Höhe seines

I.

Zu Völkenrode, etwa anderthalb Stunden nordwestlich von Braunschweig, wurde am 3. Juli 1683 Hinrich Gooß mit Anna Groven, seligen Hinrich Wehrtmanns nachgelassener Witwe ehelich verbunden. Die Kirchenbücher des Ortes reichen bis 1649 zurück; vor diesem Anlaß aber kommt der Name Gooß darin nicht vor. Ohne Zweifel also war der damalige Bräutigam von außen hereingekommen — woher, hat sich mit Sicherheit bis jetzt nicht ermitteln lassen. Die Braut dagegen war in Völkenrode zu Haus und Besitzerin eines Kothofes. Von ihrem ersten Manne hatte sie keine Kinder; aus dieser zweiten Ehe, die ihr Tod nach zwölf Jahren löste, gingen zwei Söhne und zwei Töchter hervor. Seit 1695 Witwer, schritt Hinrich Gooß am 16. Juli 1696 zu einer neuen Verbindung mit Ilse Geermanns, die ihm einen Sohn und drei Töchter schenkte, aber nach neun Jahren ebenfalls mit Tode abging, worauf er sich zum dritten Male, am 24. November 1705, mit Katharine Lüetken verehelichte und mit dieser während der nächsten zwölf Jahr noch drei Söhne und eine Tochter erzielte.

Nach Hinrichs Tode — bis wann er gelebt hat, ist nicht verzeichnet — übernahm den Hof sein gleichnamiger jüngerer Sohn erster Ehe, geboren 1690. Der sechs Jahr ältere Hans, war er untauglich oder hatte er keine Lust die Bürden der Wirthschaft auf sich zu nehmen, diente nach Bauernart dem Bruder als Knecht und starb ledigen Standes 1739. Hinrich, der ihn bis 1772 überlebte, hinterließ vier Töchter, deren eine mit Konrad Gremmel verheirathet war. Auf diese ging der Hof über; der heutige Besitzer ist ihr Enkel.

Von Hans' und Hinrichs vier Halbbrüdern war der aus zweiter Ehe des Vaters, Henny, geboren 1700, schon 1724 ins Grab vorangegangen. Von den Brüdern dritter Ehe erwarb der älteste, Engel Gooß (geb. 1709, gest. 1771), durch Kauf oder durch Heirath ein Brinksitzerwesen in Völkenrode; zu seinem Sohne, der im zweiundneunzigsten Lebensjahre 1843 heimging, drang noch die Kunde von einem Vetter, der als 'Sterenkiker'*) zu großem Ansehen gelangt war. Engels jüngere Brüder endlich, Jürgen und Andreas, mußten ihr Brot in der Fremde suchen. Andreas verschwindet im Dunkel; Jürgens Spuren führen in die Stadt Braunschweig.

Vom 21. Januar 1739 datirt folgendes Decret des dortigen Rathes: 'Auf geschehene gewöhnliche Einwerbung des Tagelöhners Jürgen Goes, gebürtig von Völkenrode, Amtsgerichts der Eiche, wird demselben hiemit zur Resolution ertheilt: Wird er nebst seinen beiden Zeugen namens Peter Heuer und Heinrich Behnne nächsten Gerichtstag vor dem Bruchgerichte allhier erscheinen und Einen Thaler sowie Einen Thaler zum Feuereimer nebst zwanzig Mariengulden Bürgergelder vor sich und seine Frau sofort baar erlegen, zum Gewehr halten ein Rohr und Degen, auch sonsten sich

---

*) Sternguckter.

gebührend dazu qualificiren, daß er sodann zu dem hiesigen Bürgerrechte verstattet und ihm zu Abstattung der gewöhnlichen Eidschüsse Zeit von zwei Jahren eingeräumt werden soll. Concl. in Sen. Brunsv. ꝛc. J. G. Willerding.'
Ein Protocoll im Neubürgerbuche ergiebt, daß Jürgen bereits am 23. Januar Prästanda prästirt hat. Damit war er in Braunschweig wirklich ansässig geworden.

Verheirathet hatte er sich kurz vorher in Völkenrode: seine Frau, Katharine Magdalene, war eine geborene Eggelings aus Rethen, einem hannoverschen Dorfe wenige Stunden von dort. Ihrer Sippschaft mochten die Leute aus Rethen angehören die nachmals bei mehren Kindtaufen des Engel Gooß als Gevattern auftraten. Aus Rethen aber war auch ein Anton Gooß, der 1709 seine zweite Frau aus Völkenrode holte; und so gewinnt denn die Vermuthung, daß Rethen auch die ursprüngliche Heimath des älteren Hinrich Gooß gewesen, immerhin einigen Anhalt, wennschon die dortigen Kirchenbücher — sie beginnen erst mit dem Jahre 1692 — diesen in den benachbarten Eikhorst und Vordorf nicht seltenen Familiennamen bis in die allerneueste Zeit nicht mehr ausweisen.

Als Tagelöhner hatte Jürgen Gooß sich in Braunschweig auf dem Rathhause angegeben; Lehmentierer und Gassenschlächter heißt er, wo demnächst seiner gedacht wird. Beides Hantierungen welche auf dem platten Lande damals zu den häuslichen Verrichtungen gehörten — Urerzmeister der einen war der erste Pfahlbaumann der die Wellerwände seines Hauses mit Seeschlamm dichtete. Einem ländlichen Arbeiter der in der Stadt auf eigene Hand seine Nahrung suchte, boten sie sich als die nächstliegenden dar; auch ihre Vereinigung in einer Person ist natürlich. Denn sie lösen einander im Wechsel der Jahreszeiten ab: die Arbeit des

Gaffenschlächters beginnt, wenn die des Lehmentierers zu Ende geht, und damals, wo die Bürgerhäuser noch allgemeiner als heutiges Tages selbst einschlachteten, kam ihre Zunft — denn zunftmäßig war sie — während des Winters um einen bescheidenen Tagelohn nicht leicht in Verlegenheit. Von vornherein mag auch in Aussicht gestanden haben was Jürgen Gooß bei Gründung seiner bürgerlichen Existenz alsbald sehr zu statten kam und, wie es scheint, mit einer verwandtschaftlichen Beziehung zusammenhing, deren Beschaffenheit freilich nicht mehr zu erkennen ist. Noch im Jahre seines Einzugs, am 29. October 1739, verkaufte jener Peter Hoyer der ihm bei Erwerbung des Bürgerrechts zur Seite stand, an Jürgen Gaus, wie nun der Name lautet, und dessen Ehefrau sein Haus am Ritterbrunnen 'also und dergestalt, daß Käufer ihm alljährlich in termino Michaelis 5 Thaler 10 Groschen unerinnert bezahlen und damit, so lange er, Peter Hoyer, am Leben, beständig und richtig continuiren, nach dessen Tode aber solches Haus erb- und eigenthümlich haben und behalten soll.'

Es war das Haus Nr. 1944 des Assecuranzkatasters, nach neuerer Zählung Nr. 10 der Straße: ein enger Bau von nur zwei Fensterbreiten, wie es noch heute dasteht; 'die Honigkuchenstreife' nennt es der Volksmund. Das Ehepaar aber behalf sich darin vierzehn Jahr, seine vier Kinder, drei Söhne und eine Tochter, erblickten hier das Licht der Welt. Und keinesfalls war es zu theuer bezahlt; als es 1753 verkauft wurde, stellte sein Werth sich auf 217 Thaler heraus.

Das geschah, als Jürgen Gauß ein anderes Grundstück erwarb, Nr. 1550 am Wendengraben, jetzt Nr. 30 der Wilhelmsstraße. Von den 900 Thalern Kaufgeld blieben 500, für die es dem Bürgermeister Wilmerding verpfändet war, zur Hypothek daran stehen: um den Rest baar anzahlen zu können, mußte Jürgen zu dem Erlöse des alten Hauses nochmals 100 Thaler aufnehmen. Wir ersehen daraus, daß die Frucht seiner eigenen vierzehnjährigen Arbeit ein Sparpfennig von 85 Thalern war. Was er in ferneren einundzwanzig Jahren weiter vor sich brachte, war eine Minderung jener Hypotheklast um 200 Thaler.

Eine Auszehrung machte seinem mühseligen Leben am 5. Juli 1774 ein Ende, nachdem seine Gefährtin ein Vierteljahr vor ihm (3. April), erst neunundfünfzig Jahr alt, einem Gallenfieber erlegen war. Die erwähnte Tochter war als Kind verstorben. Der älteste Sohn, Gebhard Dietrich, geboren am 13. februar 1744, hatte bisher dem Vater in seinen Geschäften zur Seite gestanden und war als Haussohn am 28. April 1768 mit Jungfrau Dorothea Emerenzia Warnecken — bei anderen Gelegenheiten wird ihr der Geburtsname Sollerich oder Sollicher beigelegt — in den Ehestand getreten, die ihm ein Heirathsgut von 150 Thalern zugebracht und am 14. Januar des nächstfolgenden Jahres einen Sohn, Johann Georg Heinrich, geboren hatte. Nunmehr, am 27. April 1775, vertrug er sich mit seinen Brüdern Peter Heinrich und Johann Franz Heinrich um die väterliche Hinterlassenschaft in der Weise, daß ihm für 800 Thaler 'incl. 400 Thaler dem Herrn Bürgermeister Wilmerding und 150 Thaler ihres jetztgedachten Bruders Ehefrauen geb. Sollichern daran zuständigen Verpfändungskapitalien' das Haus zu eigen verblieb.

Bis auf 125 Thaler, die er abermals von Bürgermeister Wilmerding aufnahm, konnte Gebhard Dietrich die Abfindung seiner Brüder aus eigenen Mitteln bestreiten. Die Tilgung der auf seinem Besitze haftenden Schulden war das Ziel das er rastlos verfolgte und nach fünfundzwanzig

Jahren erreicht hatte. Als er sein Haus am 5. Juni 1800, nunmehr für 1700 Thaler Gold, verkaufte, waren darauf keine anderen Forderungen mehr eingetragen als das mütterliche Erbtheil seines Sohnes erster Ehe und das Eingebrachte seiner zweiten Frau.

Jene erste starb am 5. September 1775 im Alter von dreißig Jahren gleichfalls an Auszehrung. Ihren Platz nahm am 25. April 1776 Jungfrau Dorothea Bentzen ein, eine nachgelassene Tochter seligen Meisters Christoph Bentzen, Steinhauers in Velpke. Die Eheftiftung vom 16. April besagt, daß sie ihrem Gatten 'außer einem Bette und dem etwanigen Leinen und Drell einhundert Thaler als ein wahres Heirathsgut' einbrachte. Nach Jahr und Tag, am 30. April 1777, schenkte auch sie ihm einen Sohn. Es war Der welcher das Wunder und der Stolz seines Volkes werden sollte: Karl Friedrich Gauß.

II.

Die Vorgeschichte seines väterlichen Hauses, wie sie sich in den bisher mitgetheilten Thatsachen spiegelt, und nicht weniger dasjenige was von dessen Art und Gestaltung in der folge bekannt wird — alles ergiebt zur Genüge, daß die geistige Mitgabe desselben nur eine überaus kümmerliche sein konnte.

Drei Generationen, soweit wir sehen und von Gebhard Dietrich mit Bestimmtheit wissen, allerdings von tadelloser Achtbarkeit, aber hart arbeitend, aus der Sphäre elementarsten Erwerbens um keinen Schritt heraustretend. Aus dem Bauerhofe geht ein Tagelöhner hervor, der sich in völliger Erschöpfung zur letzten Ruhe legt. Er denkt nicht daran und ist aller Wahrscheinlichkeit nach außer Stande den Sohn bei einem ansehnlichern Handwerk in die Lehre zu geben: sobald er erwachsen ist, muß Gebhard Dietrich als Arbeitsgehilfe des Vaters schaffen und werben helfen.

Und Jahre lang nach dem Tode des Vaters bleibt Gebhard Dietrich was jener war, Lehmentierer und Gassenschlächter, bis ihm später ein bescheidenes öffentliches Amt zutheil wird. Er wird Wasserkunstmeister, Aufseher der alten Laufbrunnenleitung welche die 'Pipenbrüder' der fünf

Weichbilde Braunschweigs bis auf unsere Tage mit Wasser versorgt hat. Wenigstens die Lehmkleiberei giebt er dann auf, seine Schlachtekundschaft aber behält er bei, und nebenher baut er Gartenfrüchte für den Markt. So zu einer gewissen Wohlhabenheit gelangt, kann er in den letzten fünfzehn Jahren seines Lebens der gröbern Handarbeit völlig entrathen. Mehr zu seinem Vergnügen betreibt er noch etwas Gärtnerei; nebenher jedoch — er schreibt und rechnet verhältnißmäßig ganz gut — übernimmt er das Amt eines Boten bei der Allgemeinen Sterbekasse, und in den Zeiten der Leipziger und der Braunschweiger Messen ist er Helfer eines Kaufmanns.

Es ist ein langsames, kaum merkliches Emporkommen; genug daß sich seinem Aeltesten wenigstens die Möglichkeit eröffnet das Schneiderhandwerk zu erlernen. Allein auch dessen Leben verfließt unter Mühsal und Beladenheit. Von der Wanderschaft heimgekehrt, wird Georg Heinrich Gauß von einer gefährlichen Augenkrankheit befallen, die ihn nöthigt sein Handwerk aufzugeben. Da es zu spät ist ein anderes anzufangen, für Solche aber die Gebhard Dietrich 'freiesser' nannte, in dessen Hause kein Platz, bleibt ihm nichts übrig als Soldat zu werden. Er tritt bei der Artillerie ein, die in Braunschweig damals mehr als die anderen Waffen mit guter Leute Kindern besetzt war und demnach auch besser behandelt wurde. Außer Dienst — und die Verhältnisse gestatteten manche Freiheit — muß er dem Vater in allen seinen Geschäften Handreichung leisten. An ein Vorwärtskommen auf der Soldatenlaufbahn ist unter diesen Umständen natürlich nicht zu denken; nach der Katastrophe von 1806 nimmt er seinen Abschied und kehrt in das väterliche Haus zurück, um nach dem Tode des Vaters dessen Gärtnerei und Todtenkassendienst fortzuführen, bis er 1854 heimgeht.

Ein ähnliches Loos wäre im natürlichen Lauf der Dinge wohl auch dem jüngern Sohne Gebhard Dietrichs beschieden gewesen. Und das ist gewiß: für die höheren Anliegen der Menschheit gab es in einem so bedrückten Dasein keinen Raum. Wüßten wir sonst nichts davon — die Natur der Verhältnisse ließe keine andere Annahme zu, als daß der Geist der in dem jüngsten Kinde dieses Hauses seine Flügel regte, sich nicht ohne Kampf aus der umgebenden Enge loszuringen vermocht habe.

Werden dereinst die irdischen Keimzellen aufzuweisen sein aus denen ein Genius wie dieser seinen Ursprung nimmt? Oder werden wir für immer uns bei dem frommen Glauben bescheiden müssen, daß er aus unerforschlichen Höhen sich der auserwählten Menschenseele gesellt? Wen die Frage nach den natürlichen Fermenten des Geistes der Karl Friedrich Gauß über das gemeine Maß des Menschlichen hinaushob, nicht ruhen läßt, der wird sie nicht mehr auf Seiten des Vaters suchen wollen. Wohl aber liegt Einiges vor was uns berechtigt, den bessern Theil seiner geistigen Ausstattung von der Mutter herzuleiten.

Zu Velpke bei Vorsfelde — jenes durch Steinbrüche bekannt die einen der härtesten Sandsteine Deutschlands liefern — haust in dem 'Bentzenhofe' schon seit mindestens zweihundert Jahren das nämliche Bauerngeschlecht. Sein Stammvater, soweit es sich aufwärts verfolgen läßt, Andreas Bentze, war ein Zeitgenosse des ältern Hinrich Gooß. Von seinen am 4. Februar 1687 geborenen Zwillingssöhnen hinterließ der eine, ebenfalls Andreas getauft, zwei Töchter und zwei Söhne, deren ältester, der Steinhauer Christoph Bentze, am 1. September 1748, kaum einunddreißig Jahr alt, im siebenten Jahre seiner Ehe mit Katharina Marie Krone, dem Erbübel seines Handwerks, der Lungenschwindsucht erlag. Deffen ältestes Kind war Dorothea, die nachmals verehelichte Gauß.

Geboren am 18. Juni 1743, kam sie in ihrem sechsundzwanzigsten Jahre nach Braunschweig, wo sie sieben Jahr dann als Magd diente, bevor ihr der um ein Jahr jüngere Meister Gauß die Hand reichte. Daß ihre Ehe, deren einziges Kind Karl Friedrich blieb, keine sehr glückliche war, 'hauptsächlich durch äußere Umstände und weil die beiden Charaktere nicht zusammenpaßten', erfahren wir aus einem vertraulichen Bekenntniß des Sohnes. Er rühmt die Mutter als 'eine sehr gute wackere Frau'; vom Vater berichtet er, daß selbiger 'in mancher Rücksicht achtungswerth und wirklich geachtet, aber in seinem Hanse sehr herrisch, ranh und unfein gewesen', auch 'sein volles kindliches Vertrauen nie befessen' habe, 'obwohl daraus', wie es in der vorliegenden Aufzeichnnng weiter heißt, 'ein eigentliches Mißverhältniß nie entstanden ist, da ich früh von ihm ganz unabhängig wurde.' Andeutung genug um zu erkennen, daß dieses Kind der geistigen Affinität nach mehr der Mutter als dem Vater angehörte. Von ihrer natürlichen Klugheit, ihrem humoristisch heitern Sinne, ihrer Charakterfestigkeit wußten nachmals auch die Vertrauten des Sohnes zu sagen, die ihr im hohen Alter zu Göttingen begegneten, wohin sie 1817 übersiedelte. Seitdem hat ihr Karl Friedrich sie nie mehr von sich gelassen, und noch zweiundzwanzig Jahr lang war ihr beschieden, als Zengin und Genossin seines Ruhmes die freiere Luft zu athmen in die er sie nach sich zog. Auf der Sternwarte zu Göttingen ist sie, fast sechsundneunzig Jahr alt, am 19. April 1839 hinübergeschlummert.

Und noch andere Thatsachen verbürgen die Meinnng, daß Frau Dorothea aus feinerem Stoffe geformt war als ihr Eheherr, daß jene Ansätze eines genialern Zuges in ihr eine Mitgift ihres Blutes waren. Dem ältern ihrer beiden Brüder, seinem Oheim Johann Friedrich Bentze, bewahrte Gauß lebenslang ein rühmliches Andenken. Er war am 1. September 1743 geboren und lebte in mäßigen Verhältnissen als Leinwebermeister und Anbauer zu Velpke, während sein jüngerer Bruder Christoph Andreas (geb. 1748 Juni 11), obwohl er nebenbei das nämliche Handwerk trieb, den väterlichen Hof übernommen hatte. In Onkel Friedrichs Hause hat Gauß als Knabe oft und gerne geweilt; ihn zog dahin eben das Wehen eines Geistes der dem Hause am Wendengraben in Braunschweig fremd war; bei dem Oheim fand er Anregung, Verständniß, liebevolle Theilnahme für den Drang der in ihm arbeitenden Kräfte. Denn Meister Friedrich war selber ein Mann von nicht gewöhnlicher Begabnng. Ohne Unterweisung hatte er es bis zur kunstreichsten Damastweberei gebracht; die Intelligenz und Geistesschärfe mit der er dem erwachsenen Neffen in die schwierigsten Materien zu folgen und dessen Gedanken selbständig weiter zu spinnen vermochte, nöthigten diesem auch später noch aufrichtige Bewunderung ab. 'Ein gebornes Genie sei in ihm verloren gegangen', hörte man Gauß wohl sagen, wenn er von diesem Freunde nud Tröster seiner Kindheit sprach. Ueber seinen Tod — er starb am 2. December 1809 — hat kein anderer von den Seinigen so herzlich getrauert wie Derjenige der unter allen der größte war.

* * *

III.

Auf dieser Seite also glauben wir die verborgenen Quelladern des Genius' rieseln zu hören. Und doch, wie hoch man die Gunst dieser Einflüsse auch anschlagen mag, ein Wunder bleibt es, mit welcher Macht er in diesem Erdenkinde hervorbrach. Ganz ungewöhnlich früh, schon in den Jahren da bei Anderen die Seelenvermögen noch im Dunkel der Unbewußtheit schlummern. Aus sich selbst, mit gelegentlicher Nachfrage bei seiner Umgebung, lernt er lesen; am erstaunlichsten aber zeigt sich von frühester Kindheit an die intuitive Kraft seiner Auffassung von Zahlenverhältnissen: er durfte scherzend wohl von sich sagen, daß er eher habe rechnen als sprechen können. In seinem dunkeln Heimchenwinkel behorcht der kaum dreijährige Knabe die Berechnungen die der Vater beim Wochenabschluß mit seinen Gesellen anstellt; es handelt sich um die Vergütung von Feierabendarbeit nach Verhältniß des Tagelohnes. Als es ans Auszahlen geht, zirpt er warnend dazwischen, und siehe da, der Alte hat sich verrechnet und was der Kleine angiebt ist das Richtige. In seinem neunten Jahre ist es, daß in der Rechenklasse der Büttnerschen Schule bei St. Katharinen, der er seit 1784 angehört, eine arithmetische Reihe summirt werden soll. Die Aufgabe ist kaum gestellt, als Gauß seine Tafel mit einem übermüthigen 'Dar licht se!'*) auf den Sammeltisch wirft, während alle Anderen die Stunde durchrechnen und rechnen. Der alte Büttner mustert den schnellfertigen kleinsten seiner Unglückswürmer mit spöttischem Mitleid: der Bakel wird zu thun bekommen; am Ende jedoch findet er auf Gauß' Tafel nur eine Zahl, das Ergebniß, und es ist richtig. Solche Leistung erschüttert denn selbst den alten Herrn, der sonst seiner Schaar mit dem ganzen Meisterbewußtsein eines Endimagister ältern Stiles gegenübersteht; er thut ein Uebriges und verschreibt expreß für das Wunderkind ein neues Rechenbuch ans Hamburg. Bald genug aber muß er sich zu der Einsicht bequemen, daß es für solchen Schüler bei ihm nichts mehr zu lernen giebt.

Es sind längst bekannte Züge, an die hier im raschen Vorbeigehen zu erinnern war. Begreiflich, daß solche Gaben die Augen aller Nahestehenden auf sich zogen. Wie Delpke über den 'klauken Jungen'**) die Köpfe schüttelte, wußte eine Urahne, die dort erst dieser Tage verstorben ist, noch aus eigener Wissenschaft zu erzählen; natürlich ward ihm auch der frühe Tod prophezeit dem der Volksglaube die Lieblinge des Himmels verfallen sein läßt. Und nicht geringer war das Aufsehen bei den Braunschweiger Nachbaren, bei den Kunden des Vaters mit denen der Knabe gelegentlich in Berührung kam, und allgemach auch in weiteren Kreisen.

Allein über ein dumpfes Staunen, ein ungewisses Wohlmeinen ging es bei all diesen Gönnern vor der Hand nicht hinaus. Ihnen allein überlassen, hätte Gauß demnächst vielleicht willige Aufnahme in dem Kontor irgend eines der

---

*) 'Da liegt sie!'
**) Klugen Jungen.

angesehenen Kauf- und Handelsherren Braunschweigs gefunden, nichts weiter. Ihn auf seinen rechten Weg gewiesen, die erste Bresche in die zähen Schranken seiner Herkunft gelegt zu haben, dieses Verdienst gebührt Einem auf den damals das wohlconditionirte Bürgerthum unserer Stadt womöglich noch gleichgültiger hinsah als auf das Kind des Wasserkunstmeisters Gauß.

Johann Christian Martin Bartels war der Sohn des Bürgers und Zinngießers Heinrich Elias Friedrich Bartels am Wendengraben. Unter den Hausbesitzern jener Tage sucht man Meister Elias vergebens, auch er gehörte zu den Kleinen und Gedrückten. Als Gauß die Büttner'sche Schreibschule besuchte, versah der junge Bartels dort die Geschäfte eines Hilfslehrers, schnitt die Federn und überwachte die ersten Schnörkelversuche der Kleinen. Selbst mit Vorliebe auf mathematische Studien gewandt, faßte er sehr begreiflich ein ungewöhnliches Interesse für das Nachbarskind in welchem so erstaunlich der künftige Rechenmeister offenbar wurde. Den Abstand ihrer Jahre — Bartels war am 17. August 1769 geboren — überbrückte die geistige Frühreife des Knaben: bald waren Lehrer und Schüler vertraute Freunde. Gemeinschaftlich studirten sie nun einige brauchbare Bücher, die Bartels zu erlangen wußte, und so, mit Bartels' Hilfe, drang Gauß in seinem elften Jahre über den binomischen Lehrsatz und die Lehre von den unendlichen Reihen an die Schwelle der höheren Analysis vor.

Aber noch mehr. Einem Manne vom Schlage des alten Gauß, dessen Weltverständniß über den engen Horizont seines eigenen Lebens nicht hinausreichte, dessen irdisches Trachten nie höher ging als auf den Ruhm bürgerlicher Rechtlichkeit und wirthschaftlichen Vorwärtskommens — wer will ihm einen Vorwurf daraus machen, daß er auch für seine Kinder kein höheres Ziel gesteckt sah? Wenn sein Jüngster wo er stand und ging 'in Büchern las', indeß die Anderen im Hause, jung und alt, von früh bis spät die Hände regten, so konnte dies in seinen Augen natürlich nicht viel besser als Müssiggang sein. Und nicht etwa sein tyrannischer Eigenwille, sondern Haussitte des kleinen Mannes von damals war es, wenn er den Knaben, sobald der Schule ihr bescheidenes Recht geworden war, im Haushalt oder bei seinen Hantierungen für das tägliche Brot mitarbeiten ließ, wenn er während der langen Feierabende des Winters ihn ans Spinnrad zwang und schließlich, um Licht und Heizung zu sparen, vorzeitig zu Bett trieb. Auf seinem Dachkämmerlein, so wird erzählt, beim Geflimmer eines Dochtes den er selbst von roher Baumwolle drehen und in einer ausgehöhlten Rübe mit Fettbrocken speisen mußte, hat Karl Friedrich halbe Nächte hindurch studirt, bis Kälte und Erschöpfung ihn endlich zwangen sein ärmliches Lager zu suchen. Allein wie begreiflich auch und wie entschuldbar der Unverstand dieser Zucht sein mag — daß sie einen hochberufenen Geist Jahre lang mit bleiernem Drucke niedergehalten hat, bleibt darum nicht weniger ihr Unrecht. Und eine rettende That war die Umstimmung des Vaters Gauß, in Folge deren laut einer sagenhaft anklingenden Erzählung Karl Friedrich sein Spinnrad endlich zerschlagen und uneingeschränkt fortan über den Büchern liegen durfte.

Wenn an Winterabenden der 'Oehlkrüsel' sein trübes Licht gab, mußte der Knabe, den man sonst nie ohne ein Buch fand, sich gleich allen anderen Hausgenossen an's Spinnrad setzen und sein Theil Flachs spinnen, bis eines Tages sein Lehrer den Vater rufen ließ und ihm zuredete: der Junge sei zu etwas Besserem geschaffen, müsse ein Studirter werden. Erst machte der Alte Einwendungen: woher dazu wohl das Geld kommen sollte? er habe die Mittel nicht u. s. w. Als aber schließlich seine Bedenken mit der Vertröstung auf die Zubußen überwunden waren die in solchen Fällen zu erlangen sind, ging er fröhlich nach Haus, hieß seinen Jüngsten das Spinnrad hinaus in den Hof tragen, mit dem Beile darüber hergehen und Küchenscheite daraus machen. So etwa lautet die Geschichte.

Einem seiner Lehrer also wird der Anstoß zu dieser glücklichen Wendung zugeschrieben: nur zwischen Büttner und Bartels kann die Palme schwanken. Am ersten, als nächste Respectsperson, hätte wohl Büttner ein vernünftiges Wort darein reden sollen. Aber Büttner war ein alter Mann, in der kleinen Weisheit seines Berufes eingetrocknet; nachdem er im Laufe eines halben Jahrhunderts Tausende mit dem was sie bei ihm gelernt, gut bürgerlich hatte durchs Leben kommen sehen, stieg ihm schwerlich der Gedanke auf, für dieses oder jenes gute Ingenium auf eine Zukunft sinnen zu müssen deren Schwelle nicht dicht an den Ausgang seiner Schreib- und Rechenschule stieß. Mit anderen Augen sah ohne Zweifel Bartels die Sache an; und Niemand wußte besser als er, wo es seinen Freund und Schüler drückte, Niemand auch konnte sich stärker gedrungen fühlen dem Vater ein Licht darüber aufzustecken. Wenn unter den obwaltenden Umständen aber in erster Linie die Frage stand, wie es einem mittellosen Knaben möglich werden sollte den Weg der Gelehrsamkeit zu gehen, so konnte wiederum gerade Bartels mit einiger Zuversicht auf sein eigenes Beispiel hinweisen. Im Sommer 1788 gab er die Schulmeisterei bei Büttner auf, um das Collegium Carolinum zu beziehen. Vorläufig zwar als zahlender Schüler, da die etatmäßigen Freistellen sämmtlich besetzt waren, und eine extraordinäre Befreiung, wie solche gelegentlich auf allerhöchste Verfügung gewährt wurde, für ihn nicht beantragt worden oder nicht zu erlangen gewesen war. Aber eine der ersteren war ihm zugesichert, und bis zu ihrer Erledigung, welche schon im Februar des nächsten Jahres eintrat, schossen gutherzige Gönner das Erforderliche zu. Für die sonstigen Kosten des Studiums langten seine eigenen kleinen Ersparnisse; Unterhalt fand er im väterlichen Hause. Was hinderte, daß Freund Gauß es auf ähnliche Weise versuchte?

Einen Stein des Anstoßes gab es in der That noch. Denn war auch mit Sicherheit darauf zu rechnen, daß Gauß in einem der beiden Gymnasien der Stadt als Freischüler Aufnahme finden und daß für Bücher und was sonst noch dazu gehörte, gute Leute sorgen würden, wie denn beides in der Folge auch wirklich geschah — jedenfalls entzogen diese Zukunftspläne dem Haushalt zwei Arme. Zwar nur zwei kleine Arme, aber das Haus rechnete darauf. Das war ein Opfer zu dem der Alte auf ungewisse und ihm unverständliche Aussichten hin sich so leicht nicht entschließen konnte. Wohl willigte er am Ende ein; mit der Freude jedoch welche die erwähnte Sage ihm bei dieser Gelegenheit andichtet, hatte es wohl eine eigene Bewandtniß. Nach Gauß' eigener Aussage geschah es 'fast gegen den Willen seines Vaters', daß er gleichzeitig mit Bartels, Michaelis 1788, von der Büttnerschen Schule abging: er zunächst auf das Katharineum. Mit Hilfe 'älterer Freunde', unter denen ohne Zweifel wiederum Bartels, vielleicht auch ein gewisser Meyerhoff, dem wir später noch einmal begegnen werden, das Beste gethan, hatte er sich die Elemente der alten Sprachen durch eigenes Studium bereits angeeignet; in allem Uebrigen war er seinen Altersgenossen weit voraus, und so konnte er sofort in Secunda zugelassen werden. Nach zwei Jahren rückte er in die Prima auf. Es war um dieselbe Zeit da die übel darniederliegende Schule unter Konrad Heusinger's Leitung einen neuen Aufschwung zu nehmen begann. Doch, mag es ungewiß bleiben, welchen Antheil Bartels an dieser ersten glücklichen Wendung im Lebensgange seines Freundes gehabt hat — keinem Zweifel unterliegt, daß er die zweite herbeigeführt, diejenige mit der Gauß in die gesicherte und ebene Bahn einlenkte die ihn rascher als man nach solchen Anfängen hätte hoffen dürfen, und leichter als es manchen anderen der Besten beschieden war, an's Ziel brachte. Zwar in der Erinnerung der Nachbarn und Freunde seines elterlichen Hauses hat der Vorgang andere Gestalt angenommen. Die Frau Herzogin, so etwa lautet die dieser Tage wieder hervorgezogene Geschichte, habe den jungen Gauß einstmals in ein Buch vertieft im Schloßgarten gefunden, selbiges sich zeigen lassen und erst ungläubig, im Fortgange des Gespräches zu ihrem Staunen sich überzeugt, daß der Kleine verstand was er las. Durch ihren Bericht sei dann der Herzog bewogen worden, das Kind rufen zu lassen. Als der Lakai nun, heißt es weiter, in das Gauß'sche Haus gekommen, sei er mit seiner Botschaft zuerst an den ältern Bruder Georg gerathen; der aber habe sich weinend gegen den Gang gesträubt und sich nach erfolgter Verständigung von Herzen gefreut, daß es seinen Bruder anging, den Taugenichts, der die Nase immer in Bücher stecke und nichts Rechtes beschicke. Später freilich, als der Taugenichts ein weltberühmter Mann, der fleißige Bruder aber Todtenkassenbote geworden, soll er sich öfters haben vernehmen lassen: 'Ja, wenn eck dat 'ewußt härre, denn wärre eck itzund Perfesser; meck was et toerst 'eboen, averst eck wolle nich hen na'n Sloße'*). Sehr lustig jedenfalls, und bezeichnend viel-

---

*) 'Ja, wenn ich das gewußt hätte, dann wäre ich jetzt Professor; mir war es zuerst geboten, aber ich wollte nicht hin nach dem Schloße'.

leicht für die Denk- und Anschauungsweise des Hauses — wenn es wahr wäre. Mit Recht aber ist dagegen erinnert, daß Georg Gauß keineswegs so einfältig war wie er hier hingestellt wird; und was entscheidend ist: neun Jahre älter als Karl Friedrich, war er, als dieser zum ersten Male dem Herzog vorgeführt wurde, auf seiner Wanderschaft abwesend. Und überdies ist hinlänglich bezeugt, wie Alles sich wirklich zugetragen hat.

IV.

Ordentlicher Professor der Mathematik, Physik und Naturgeschichte war am Collegium Carolinum seit 1766 Eberhard August Wilhelm Zimmermann. Nach zweijähriger Unterbrechung — er war in dieser Zeit auf Reisen in England, Frankreich und Italien abwesend gewesen — hatte er zu Beginn des Jahres 1789, kurze Zeit also nachdem Bartels Coroliner geworden war, seine Vorlesungen wieder aufgenommen. Zimmermann, welcher 1786 den Hofrathscharakter erlangt hatte und 1796 vom Kaiser in den Reichsadelstand erhoben, 1802 vom Herzog Karl Wilhelm Ferdinand zum Geheimen Etatsrath ernannt wurde, war als Gelehrter und Schriftsteller hochgeachtet und stand in großem Ansehen auch beim herzoglichen Hause. Eine vornehme Natur, feingebildet und weltgewandt, war er zugleich durchdrungen von der schönen Wärme der Humanitätsgedanken in deren Dienste Karl Wilhelm Ferdinand wie sein hochseliger Vater, ungeachtet aller Opfer die es erheischte, auch das Collegium Carolinum beharrlich aufrecht erhielt. Einem solchen Manne in solcher Stellung zu begegnen, darf wohl für den größten Glücksfall gelten der einem aus dem Schwarme der Vergessenen und Hilflosen anstrebenden Jünglinge widerfahren konnte. Zunächst war es Bartels dem wie ein Silberblick die wohlwollende und werkthätige Theilnahme Zimmermanns aufging; sie auch auf Gauß zu lenken, ließ seine neidlose Freundschaft ihm keine Ruhe. Immer wieder, so oft sich in vertraulicher Unterhaltung die Gelegenheit bot, kam er zurück auf die einzige Begabung des Kunstmeisterssohnes, bis eines Tages Zimmermann ihn aufforderte ihm den Vielgepriesenen zuzuführen. War ihm doch auch von anderer Seite schon der Ruhm des dreizehnjährigen Primaners zu Ohren gekommen: eben damals setzten dessen Mitschüler die Mähr in Umlauf, daß der neue Mathematiklehrer am Katharineum, Professor Hellwig, ihm die erste schriftliche Arbeit mit der Anerkennung zurückgegeben: es sei überflüssig und kaum zu verlangen, daß ein solcher Mathematikus in seinen Stunden noch erscheine. Und bald genug überzeugte dann sich Zimmermann selbst, daß in diesem Knaben ein Geist zum Lichte rang dessen Befreiung die Welt ihm einst danken würde. Als die Zeit herankam, daß Gauß von der Prima des Katharineums abgehen und nach der von Herzog Karl am 29. September 1777 erlassenen Verordnung, bevor er die Universität bezog, den Vorbereitungskursus des Carolinums absolviren mußte, wandte er sich seinetwegen an den Staatsminister Geh. Rath Feronce von Rothenkreuz, und von diesem ermuthigt direct an Herzog Karl Wilhelm Ferdinand.

Sein Bericht, der sich vor zwanzig Jahren noch im Privatbesitze eines Braunschweigers befand, ruht jetzt draußen irgendwo in der Mappe eines Autographensammlers: es wäre verdienstlich denselben ans Licht zu bringen. In Folge dieser Verwendung geschah was jene volksthümliche Anekdote auf eine zufällige Begegnung mit der Herzogin Augusta zurückführt: im Jahre 1791 wurde Gauß zum ersten Mal bei Hofe vorgestellt.

Aus seinen eigenen Mittheilungen wird geflossen sein was Sartorius v. Waltershausen von diesem Ereigniß und dessen Folgen berichtet. 'Während sich die Umgebung des Herzogs an den Rechenkünsten des bescheidenen, etwas schüchternen vierzehnjährigen Knaben ergötzte, verstand der edle Fürst mit feinem Tact, ohne Zweifel in dem Bewußtsein, einen ganz ungewöhnlichen Geist vor sich zu haben, seine Liebe zu gewinnen, und wußte die Mittel zu gewähren die für die weitere Ausbildung eines so merkwürdigen Talentes erforderlich waren. Gauß verließ mehrfach beschenkt (von Feronce erhielt er seine ersten logarithmischen Tafeln) die hohe Gesellschaft und bezog, vom Herzoge unterstützt, im Februar 1792 das Collegium Carolinum'.

'Dem Hofrath Zimmermann für ein von dem Mechanicus Harborth für einen jungen Menschen namens Goes angekauftes mathematisches Besteck 5 Thaler': diese auf Befehl vom 28. Juni 1791 aus der Extraordinarienkasse fürstlicher Kammer geleistete Zahlung ergiebt die erste actenmäßige Spur der beim Herzoge für Gauß erweckten Theilnahme. Aus den Kammerkassenrechnungen ergiebt sich, daß unterm 20. Juli, zunächst auf zwei Jahr von Ostern ab, 10 Thaler jährlich für ihn angewiesen und dann an Zimmermann zu weiterer Besorgung ausgezahlt wurden. Am 12. Juni 1792 erging die Verfügung, mit diesen Zahlungen fortzufahren, 'so lange er das Collegium frequentiren wird'. Die Bezeichnung 'Schulgeld' unter welcher sie figuriren, kann nicht im eigentlichen Sinne zu verstehen sein, da Gauß wie auf dem Gymnasium so auch auf dem Carolinum eine Freistelle erhielt, hier nach Ausweis der monatlichen Frequenzlisten als 'extra Befreiter'. Daß der Herzog ihm außer diesen Unterstützungen noch manche andere und beträchtlichere aus seinen Privatmitteln zuwandte, leidet keinen Zweifel.

Das Collegium Carolinum stand damals noch im Zenith seines Ruhmes. Zwei Gesichtspunkte waren in erster Linie maßgebend gewesen bei dem Plane auf welchen Herzog Karl 1745 diese glänzende Anstalt gegründet hatte. Bei dem damaligen Stande des Unterrichtswesens gewährten die gewöhnlichen Gelehrtenschulen nur eine äußerst mangelhafte Vorbereitung auf die Universitätsstudien; für Solche aber deren künftiger Beruf außerhalb der vier Facultäten lag, gab es überall noch keine höhere Bildungsanstalt. Nach beiden Seiten hin sollte die neue Schöpfung ergänzend eintreten. Sie sollte die zwischen Gymnasium und Universität klaffende Lücke ausfüllen — künftige Officiere, Architekten, Ingenieure, Mechaniker, Kaufleute, Landwirthe sollten hier Gelegenheit finden, sich mit einer den höheren Ansprüchen des Weltlebens gewachsenen universalen Bildung und zugleich mit den Elementen je ihrer besonderen Fächer auszurüsten. Alte und neue Sprachen, christliche Dogmatik und Moral, Weltweisheit, Universal-, Kirchen- und Literarhistorie, Statistik, Staats- und Kirchenrecht, Mathematik, Physik und Naturgeschichte, Anatomie, deutsche Dicht- und Redekunst, Theorie des Schönen in der Malerei und Bildhauerkunst, Uebungen im Zeichnen und Malen, in der Musik, im Tanzen, Fechten und Reiten, im Drechseln und Glasschleifen: dies alles und manches andere noch umfaßte der Lectionsplan — vieles natürlich nur in isagogischem und hodegetischem Zuschnitt. Was aber dem Carolinum erst seine eigenthümlich vornehme Signatur gab, das war nicht die Fülle an sich der hier gebotenen Bildungsmittel, sondern mehr noch der Geist in dem sie geboten wurden. Nicht auf die rein praktischen Anforderungen des Lebens allein war das Absehen dieses Lehrplanes gerichtet: von Anbeginn schwebte Jerusalem, seinem Urheber, das Ziel vor die Zöglinge des

Carolinums auch zu Trägern der neuen Humanität, der freieren und edlern Geschmacks- und Herzensbildung zu erziehen deren Tag in Deutschland eben damals anbrach. In gleichem Sinne widmeten neben ihm Zachariä, Gärtner, Ebert, K. A. Schmidt, eine Reihe anderer einsichtsvoller und hingebender Mitarbeiter dem Carolinum ihre besten Kräfte. Und trotz einzelner Enttäuschungen, wie sie einem so hoch gerichteten Streben nicht erspart bleiben konnten, durften diese Männer sich sagen, daß jenes Ziel kein eitles, der eingeschlagene Weg kein verfehlter war. Ausgezeichnete und verdienstvolle Männer der verschiedenartigsten Lebensstellungen, im In- und Auslande, rühmten dankbar was sie aus Braunschweig davongetragen hatten. Akademische Lehrer wie Gellert, Ernesti, Kästner und Heyne versicherten, daß die hier vorgebildeten Jünglinge sich durch gediegenes Wissen, durch Fleiß und edle Sitte auf das vortheilhafteste auszeichneten. Ueberall wo man den Fortschritten der neuen Cultur des bon-sens und guten Geschmackes mit Verständniß folgte, wurde das Carolinum als eine ihrer edelsten Pflanzstätten anerkannt. Und gerade damals, im letzten Decennium des Jahrhunderts, ging aus ihr eine Anzahl Pfleglinge hervor von denen die Welt hören sollte: neben Bartels und Gauß die Ide, Illiger, Dräseke*). Alle in Braunschweig geboren, alle aber auch, mit Ausnahme Illigers dessen Vater ein Kaufmann war, armer Leute Kind, waren sie lebendige Zeugen der echten Humanität die hier unter den Auspicien eines Landesvaters wie Karl Wilhelm Ferdinand des Berufes waltete Talente hervorzuziehen und ihrer Zukunft zuzuführen.

---

*) Dräseke der berühmte Kanzelredner. Von Ide und Illiger wird weiterhin noch die Rede sein.

Als Gauß unter die Caroliner eintrat, waren die meisten jener berühmten Lehrer allerdings schon aus dem Leben geschieden: nur ihr letzter, Ebert, starb erst kurz vor Gauß' Abgange nach Göttingen, am 15. März 1795. Aber treffliche Nachfolger wirkten in ihrem Geiste weiter. Joh. Joach. Eschenburg, an Zachariäs Stelle seit 1777 Professor der Philosophie und schönen Literatur, Joh. Ferd. Friedr. Emperius, Professor der griechischen, römischen und englischen Sprache und Literatur, nach Schmidts Tode auch Lehrer der Religionswissenschaften, Aug. Ferd. Lueder, seit 1787 für den nach Helmstedt berufenen Remer Professor der Geschichte nnd Statistik (1810 wurde er A. L. v. Schlözers Nachfolger in Göttingen): das waren außer E. A. W. Zimmermann die bedeutenderen von Denen die damals auch Gauß zu ihren Füßen sitzen sahen. Im einzelnen freilich sind wir über den Gang seiner Studien auf dem Collegium nicht unterrichtet. 'Er vervollkommnete sich auf dieser Anstalt noch in den alten Sprachen und erlernte die neueren; auch ist er, aus manchen Aeußerungen zu schließen, schon in jenen Jahren mit sehr tiefgehenden mathematischen Studien beschäftigt gewesen. Vornehmlich scheint er durch die Werke von Euler und Lagrange den Umfang seines Wissens erweitert und aus Newtons Principien den göttlichen Geist geschöpft und der Methode jenes unsterblichen Mathematikers sich bemächtigt zu haben.' Auf diese allgemeine Reminiscenz beschränkt sich auch Sartorius' Mittheilung. Daß aber Gauß hier die wesentlichsten Grundlagen seiner Bildung vertieft und erweitert hat, diesen Ruhm kann Braunschweig nicht streitig gemacht werden.

Er blieb auf dem Collegium Carolinum bis ins vierte Jahr. Am 21. August 1795 erging aus der geheimen Kanzlei an fürstliches Finanzcollegium der Befehl, zu verfügen, daß dem nach Göttingen gehenden Studioso namens Gauß während seines Studiums daselbst jährlich 158 Thaler zur Unterstützung ausgezahlt werden, und ihn hiervon sowohl als daß ihm der Freitisch in Göttingen zugestanden sei, zu benachrichtigen'. Am 11. October reiste Gauß dahin ab. Wie er nachmals bei seiner Promotion in Helmstedt entschuldigend anführt, hatte für die Wahl der Georgia Augusta der größere Reichthum ihrer Bibliothek an mathematischer Literatur den Ausschlag gegeben. Daß der Herzog keinen Einspruch zu Gunsten der Landesuniversität erhob, deren Umgehung er sonst, wo man ihn fragen mußte, so leicht nicht zuließ, galt bei Kundigen für einen Beweis mehr seines lebhaften Interesses an der Entwickelung der besonderen Gaben des jungen Gauß. Wir hören, daß bei dieser Gelegenheit in den Kreisen der vornehmen Gesellschaft Braunschweigs viel von Gauß die Rede war; man glaubte zu wissen, der Herzog lege jenem Stipendium ein Namhaftes aus seiner Schatulle zu. Schon damals stellten die Zeichendeuter des Hofes dem jungen Manne ein Horoskop das wohl geeignet war, ihn der Beachtung Derer zu empfehlen welche auf dergleichen hörten.

* * *

V.

Gauß selbst freilich war weit entfernt, seinen Sternen blindlings zu vertrauen. Zukunftsorgen begleiteten ihn zur Universität; er war anfänglich unentschlossen, ob er als Berufsstudium nicht die Philologie ergreifen sollte, die eine gewissere oder mindestens doch raschere Versorgung in Aussicht stellte als die Mathematik. Eine Zeit lang fand man ihn daher auch unter Heyne's Zuhörern, und persönlich zog ihn dieser große Philolog mehr an als Kästner, 'der erste Mathematiker unter den Dichtern und der erste Dichter unter den Mathematikern', wie Gauß ihn charakterisirte. Lange jedoch konnte bei alledem seine Wahl nicht schwanken; daß er sein akademisches Triennium ausschließlich der Mathematik gewidmet habe, sagt er selbst wiederum in der lateinischen Lebensskizze die er der philosophischen Facultät in Helmstedt einreichte.

Wenn es ein Wagniß war, so hatte er dabei wenigstens einen Gefährten.

Nach demselben Ziele strebte zur nämlichen Zeit und unter ähnlichen Verhältnissen wie Gauß noch ein anderes Braunschweiger Kind. Johann Joseph Anton Ide, geboren am 26. Januar 1775, war der Sohn eines Mühleninspectors, der früh starb und seine Familie in bedrängten Umständen hinterließ. Schon bei Lebzeiten des Vaters hatte der Knabe die Waisenhausschule besucht; auf Empfehlung des Inspectors Jenner ward er 1788 in das Lehrinstitut der Freimaurerloge aufgenommen, welches derzeit unter der Leitung Hellwigs stand. Hellwig entdeckte in ihm, wie er selbst berichtet, 'ein eminentes Genie zu den mathematischen Wissenschaften' und ermuthigte ihn sich ihrem Studium zu widmen. Aber, bemerkt Hellwig weiter, 'so leicht es manchem jungen Menschen in dieser besten Welt wird, selbst bei dem Mangel an natürlichen Fähigkeiten, an Fleiß und an guter Aufführung, durch Canäle Unterstützung zu erlangen, so schwer wurde es Jden.' Zwar fand er alsbald Aufnahme im Martineum und nachdem Hellwig Lehrer der Mathematik und der Naturgeschichte an dem reorganisirten Katharineum geworden war, auch auf dieser Schule; ja, 1794 gelang es eine extraordinäre Freistelle auf dem Collegium Carolinum für ihn auszuwirken, wo dann namentlich Zimmermann und Lueder sich nach Kräften seiner annahmen. Allein die Mathematik und was damit zusammenhängt gehörte zu denjenigen Wissenschaften 'deren Cultur leider in den Augen hoher Gönner keine besondere Unterstützung verdiente'. Um ein Stipendium bewarb sich Jde trotz aller Fürsprache jener einflußreichen Männer lange Zeit vergeblich; die jährlichen 25 Thaler welche endlich Graf Veltheim auf Harbke gewährte, waren dankenswerth, aber reichten natürlich nicht weit: es blieb nichts übrig als wiederum den Herzog selbst anzugehen. Fast wider Erwarten war dieser Schritt von Erfolg. Der Herzog verwilligte die fehlenden Mittel; ein halbes Jahr nach Gauß, Ostern 1796, konnte auch Jde die Universität beziehen, und auch er durfte

Göttingen wählen, wo er alsdann fünf Jahr lang seinen Studien oblag.

Seitdem gehörte Jde dem kleinen Kreise an auf welchen Gauß seinen geselligen Verkehr in Göttingen einschränkte. Von dessen älteren Bekannten war er darin der einzige, bis Arnold Wilhelm Eschenburg, ein Sohn des Professors, hinzukam, der am 15. September 1778 geboren, also anderthalb Jahr jünger als Gauß, diesem erst 1797 nach Göttingen folgte, um Jura und Cameralia zu studiren. Mit Eschenburg hatte Gauß schon auf dem Gymnasium Freundschaft geschlossen, eine Freundschaft die sich in den anderthalb Jahren ihres akademischen Zusammenlebens noch enger knüpfte und auch nach der Trennung ihrer späteren Lebenswege — Eschenburg starb 1861 als Regierungs- und Kammerpräsident in Detmold — unveränderlich fortbestand*).

Nach Vollendung seiner Studien (1800) wurde Eschenburg

*) Hier sei die betreffende Stelle des Briefes eingeschaltet mit welchem Gauß 1845 Eschenburgs Glückwunsch zur Feier seines fünfzigjährigen Doctorates beantwortete: 'Durch Deinen Brief zur Begrüßung meines Doctorjubiläums hast Du, lieber Eschenburg, mir eine sehr große Freude gemacht. Während die meisten anderen bei dieser Veranlassung erhaltenen Zuschriften ihre letzten Wurzeln mehr oder weniger in irgend einem wissenschaftlichen Verhältnisse hatten, gilt Dein Brief nicht dem Astronomen oder Geometer, sondern dem unvergessenen Jugendfreunde. Lebhaft treten mir dabei die Erinnerungen aus der Knaben- und Jünglingszeit wieder entgegen. Von der ersten Zeit an, wo ich als Mitschüler Dich kennen lernte (October 1789), habe ich mich zu Dir hingezogen gefühlt. Es erneuern sich in mir die Bilder unserer Knabenspiele, wenn wir, den ehrlichen Drude in unserer Mitte, jubelnd zum Wendenthurm oder grünen Jäger zogen, es erneuert sich aus den späteren Jahren das Bild Deines verewigten Vaters, der mir stets als Musterbild des $\kappa\alpha\lambda o\varsigma$ $\kappa'\alpha\gamma\alpha\vartheta o\varsigma$ erschien, und sein Familienkreis wie ein unter besonderer Obhut eines gütigen Schutzengels strebender Tempel des reinsten irdischen Glücks.' U. s. w. Drude war einer der Lehrer des Katharineums.

zunächſt als Advocat und Notar in Braunſchweig immatriculirt, ein Jahr ſpäter zum Untergerichtsſecretär, 1805 dann aber zum Cabinetsſecretär Herzog Karl Wilhelm Ferdinands ernannt. Es iſt durchaus nicht unglaubhaft, wenn behauptet wird, er habe in dieſer Stellung Manches dazu beigetragen, daß die Gunſt des Herzogs ſich an Gauß in einem Maße bethätigte welches günſtige und mißgünſtige Beobachter in Erſtaunen ſetzte.

Doch wie geſagt, eine Hoffnung auf dieſen künftigen Sonnenſchein hatte keinen Theil an der Entſcheidung welche Gauß in jenen Tagen traf. Was ihn vorwärts trieb auf ſeinem Wege, war der innere Drang ſeines Genius, die unmittelbare Gewißheit ſeines eigenſten Berufes. Hand in Hand mit ſeinen receptiven Studien gingen von Anfang her tief eindringende eigene Unterſuchungen. Schon im erſten Jahre ſeines Trienniums entdeckte er die Methode der kleinſten Quadrate, 1796 ſeine Methode der Kreistheilung, 1797 einen neuen Beweis des Lagrange'ſchen Theorems. Und ſchon am Ende dieſes Jahres zeigen zwei ſeiner Briefe an Hofrath Zimmermann ihn bei Ausarbeitung der Disquisitiones arithmeticae.

Am 22. November ſchrieb er: 'Hrn. Meyerhoff bin ich für ſeine gütige Bemühung ſehr viel Dank ſchuldig. Ich hoffe nächſtens, vielleicht den erſten Poſttag, ein anſehnliches Convolut überſchicken zu können; ich kann nicht wohl einen Abſchnitt zerreißen, weil ich oft auf das Vorhergehende wieder zurückſehen muß, ſonſt würden Sie ſchon früher einige Hefte erhalten haben; ich werde dann Hrn. Meyerhoffs Bemerkungen beilegen, damit Sie allenfalls ſehen können, wie ich ſie gebraucht habe. Ich begreife freilich, daß es für Hrn. M. keine ſonderlich angenehme Arbeit ſein kann, da er mit der Mathematik nicht genug bekannt zu ſein ſcheint, um sie zugleich als Lectüre anzusehen. So ist ihm das Wort algorithmus unbekannt gewesen. Nur in einem einzigen Punkte muß ich mir die Freiheit nehmen von ihm abzugehen. Ich weiß es wohl, daß si mit dem Conjunctiv kein gutes Latein ist; allein die neueren Mathematiker scheinen sichs zur Regel gemacht zu haben, bei Hypothesen und Definitionen beständig den Conjunctiv zu setzen; ich erinnere mich keines Beispiels vom Gegentheil, und bei Hugenius, der meinem Gefühl nach von allen neueren Mathematikern mit das zierlichste Latein schreibt und den ich absichtlich deshalb nachgeschlagen habe, finde ich in diesen Fällen beständig den Conjunctiv. Ich schlage aufs Gerathewohl auf und finde Opera p. 156 Quodsi fuerit, p. 157 Si sit, si fiat, si agitetur, p. 158 si suspendatur; p. 188 seqq. stehen die Beispiele zu Dutzenden. Da also hier ein ächter Römer sein zu wollen nur Purismus wäre (der mir desto weniger erlaubt wäre, da ich mir wohl bewußt bin es nicht in allen Stücken zu sein) und die Sache an sich grade nicht absurd ist, so bin ich mit dem Strome gegangen. Ich hoffe, Hr. M. werde mir das nicht übel nehmen. Was ihm an dem accedere possunt p. 5 unverständlich gewesen ist, habe ich nicht errathen können; ich habe es also stehen lassen. Die Stelle p. 7, welche vorher so hieß: Si numeri decadice expressi figurae singulae sine respectu loci quem occupant addantur, hat Hr. M. misverstanden, weil er wahrscheinlich nicht gewußt hat, daß figurae Ziffern bedeutet; er hat numeri für den Nominativ des Plural und figurae für den Dativ des Singular genommen und mir deswegen vorgeworfen, daß singulus nicht üblich sei; allein grade aus diesem Grunde wird ein Mathematiker nicht leicht unrecht construiren, zumal da es keinen Sinn giebt; ich habe gleichwol die Wörter nunmehr etwas anders gestellt.

Da ich auch von den erſten Bogen eine andere Abſchrift ſchicken werde, ſo muß ich noch hinzuſetzen, daß die drei durchgeſehenen Bogen bis § 31 incl. oder p. 21 der neuen Abſchrift gingen. — Da Hr. Kircher wöchentlich drei Bogen zu liefern verſpricht, ſo glaube ich, daß es noch früh genug ſein werde, wenn er ein Vierteljahr vor der Oſtermeſſe anfängt, alſo gegen die Mitte des Januar, um welche Zeit ich, wenn anders meine Geſundheit ſich gut hält, mehr als die Hälfte des Ganzen fertig zu haben und dann mit ihm Schritt halten zu können hoffe. Da Ew. Hochwohlgeb. von der Correctur nichts ſchreiben, ſo hoffe ich, er werde nichts dagegen haben, wenn ich ſie ſelbſt übernehme.'

Dann wieder, am 24. December: 'Ew. Hochwohlgeb. erhalten hiebei die Bogen K bis P incl. von dem Manuſcript nebſt den Bemerkungen des Hrn. Meyerhoff, welche ich vergeſſen hatte, meinem Verſprechen zufolge zurückzuſchicken. Eine Kränklichkeit, an der ich eine Zeit lang gelitten und die mich unter andern auch um die (übrigens hier recht gut geglückte) Beobachtung der neulichen Mondſinſterniß gebracht hat, iſt die Urſache geweſen, daß ich bisher weniger ſchnell als ich wol gewünſcht hätte, mit der Arbeit fortgerückt bin. Indeß geht ſie gegenwärtig ganz gut ihren Gang fort, und ich denke binnen 14 Tagen wieder etwa 9 oder 10 Bogen fertig zu haben. Wenn Ew. Hochwohlgeb. mir das von Hrn. Meyerhoff durchgeſehene Manuſcript zurückgeſchickt haben werden (von Bogen C an: denn die erſten beiden könnten Sie allenfalls gleich dort behalten), ſo ſoll die Benutzung der Bemerkungen des Hrn. Meyerhoff oder was ich ſonſt noch an kleinen Berichtigungen, Zuſätzen, Zurückweiſungen und dergl. zu machen habe, weiter keinen Aufſchub machen, und ich kann es jedesmal den nächſten Poſttag wiederſchicken. Auch denke ich, daß Hr.

Kircher, wenn er noch im Januar anfängt, mich gewiß nicht einholen soll.'

Es sind dies wohl die frühesten Nachrichten von einem Werke mit welchem Gauß sofort in die Reihe der größten Mathematiker aller Zeiten eintreten sollte. Abgesehen von der bestimmteren Auskunft über den Zeitpunct der Anfänge dieses Werkes geben sie Aufschluß über einige Nebenumstände deren Kenntniß immerhin nicht ohne Werth ist.

Kircher war seit 1794 Eigenthümer der Druckerei die er in Braunschweig 1787 auf Rechnung des Schulraths Joachim Heinrich Campe als Zubehör der von diesem gegründeten Schulbuchhandlung eingerichtet hatte. 1799 verkaufte er sie an Friedrich Vieweg, Campe's Schwiegersohn, um selbst nach Goslar zurückzukehren, wo er ebenfalls eine Officin besaß, die alte Dunckersche, welche er 1783 durch Heirath erworben hatte. In Goslar hat er dann den Druck der Disquisitiones vollendet, allerdings viel später als Gauß derzeit hoffte. Von ungleich höherem Interesse aber als dieser Punct ist der Antheil welchen jener Herr Meyerhoff an diesem Buche gewann.

Joh. Heinr. Jac. Meyerhoff begegnet seit 1794 als Collaborator, seit 1802 als Director des Gymnasiums in Holzminden. Er war ein tüchtiger Kenner der alten und neuen Sprachen: für eine lateinische Abhandlung über die Phönizier hatte er schon als Göttinger Stndent die goldene Preismedaille erlangt; die Mathematik jedoch lag ihm fern. Er also war es dem die Aufgabe zufiel, die Latinität der Disquisitiones zu berathen.

Auffallend genug, wenn man bedenkt, wie wenig Gauß in dieser Hinsicht seinen eigenen Fähigkeiten zu mißtrauen brauchte. Möglich aber, daß er hierin einer ängstlichen Fürsorglichkeit Zimmermanns nachgab. Denn Zimmermann allerdings mußte es ganz besonders am Herzen liegen, daß diese Erstlingsarbeit seines Schützlings in keinem Betracht den Stempel der Vollendung vermissen ließ. Seine vorläufigen Berichte hatten beim Herzog hohe Erwartungen erregt, ihn vermocht, die Druckkosten zu übernehmen; des Herzogs Namen sollte das künftige Buch an seiner Stirn tragen. Für Zimmermann wie für Gauß wäre es in hohem Grade peinlich gewesen, wenn die Kritik daran irgend welchen gegründeten Tadel gefunden hätte. Meyerhoff, welchen Zimmermann wohl vom Carolinum her kannte — er war dort gleichzeitig mit Bartels eingetreten und durch diesen vielleicht schon damals auch mit Gauß in Berührung gekommen — war die geeignete Persönlichkeit, sie dieser Sorgen zu entheben. Wieviel freilich die klassische Form der Disquisitiones seiner Feile verdankt, wird schwerlich festzustellen sein.

. . .

VI.

Am Ausgang des Sommersemesters, am 28. September 1798, kehrte Gauß nach Braunschweig zurück. Zunächst wieder in das Haus seiner Eltern: wie sein Loos sich demnächst gestalten werde, lag vorläufig noch im Dunkel.

Zwar durfte er mit einiger Zuversicht hoffen, daß sein fürstlicher Patron die Hand auch fernerhin nicht von ihm abziehen werde, und Zimmermann that sein Möglichstes, alsbald eine feste Zusicherung für ihn auszuwirken. Gleich nach Gauß' Heimkehr hatte er schriftlich angefragt, ob der Herzog seinen Schützling sprechen wolle. Aber Monate lang wartete er auf Antwort, die Sache mündlich in Erinnerung zu bringen, fand sich inzwischen keine Gelegenheit; daß Gauß selber die Entscheidung mit der Bitte um Audienz würde beschleunigen können, war nur zu unwahrscheinlich, da Karl Wilhelm Ferdinand, nachdem er in den ersten Jahren seiner Regierung viel mißbräuchlichen Ueberlauf nachsichtsvoll ertragen hatte, jetzt nur selten noch Jemand vorließ den er nicht zu sich beschieden. Und wenn Gauß nach längerem Harren dennoch entschlossen war den Versuch zu wagen — daß er bei einer persönlichen Begegnung mit dem Herzoge sein Anliegen nicht direct betreiben konnte, fühlte Niemand schärfer als er selbst. 'So nöthig mir', schrieb er am 29. November an einen der ihm nächststehenden Göttinger Freunde, den Ungarn Wolfgang v. Bolyai, 'so nöthig mir jetzt eine Unterstützung von ihm (dem Herzog) wäre .... so habe ich doch sehr gute Gründe, keine jetzt bei ihm zu suchen — Gründe welche ich Dir entweder mündlich oder erst in der Folge werde mittheilen können.' Man wird nicht fehlgreifen mit der Vermuthung, daß diese Gründe sich aus dem mißgünstigen Gerede ergaben welches, wahrscheinlich schon durch die Voraussicht weiterer Begünstigungen des Studiosus Gauß hervorgerufen, demnächst, als diese wirklich eintraten, unverhohlen seinen Lauf nahm. Unter diesen Umständen beschied sich Gauß bei der Resignation, auf die erwünschte Wendung erst nach Vollendung seiner Disquisitiones rechnen zu dürfen.

Aussichten auf einen ihm zusagenden Erwerb hatten sich mehrere dargeboten, alle aber waren alsbald wieder geschwunden. Noch ehe er von Göttingen zurückgekehrt war, hatte ihn, wohl auf Zimmermanns Empfehlung, der russische Gesandte beim niedersächsischen Kreise, Graf Murawieff ausersehen, seine beiden sehr geistreichen Töchter in der Mathematik und Astronomie zu unterrichten. Da aber Gauß länger ausblieb als man erwartete, war ihm ein französischer Emigrant zuvorgekommen. Dann wünschte der Generalmajor v. Stamford, den er als trefflichen Mann wie als einsichtsvollen Kenner und warmen Freund der Mathematik bereits kannte, gewisse Theile derselben mit ihm durchzugehen, und Gauß durfte hoffen, das von diesem gebotene Honorar werde zu seiner Subsistenz genügen. Allein auch diese Hoffnung zerschlug sich, indem Stamford inzwischen einen Gesandtschaftsposten in Berlin antrat. Verschiedene ähnliche Anträge glaubte Gauß ablehnen zu müssen.

Demnach war seine äußere Lage vor der Hand allerdings recht prekär; seinem Freunde Bolyai gestand er am 29. November, daß er in diesen Tagen großentheils auf Credit leben mußte. Schon nach vier Wochen aber, am 30. December 1798, konnte er die tröstliche Meldung folgen lassen: 'In meiner Lage sind seit meinem letzten Briefe einige erfreuliche Aenderungen vorgegangen: ich habe zwar den Herzog noch nicht selbst gesprochen, allein er hat erklärt, daß ich die Summe, die ich in Göttingen genossen habe, auch künftig erhalten solle.' Freilich hören wir bei dieser Gelegenheit nur noch von jenen 158 Thalern aus fürstlicher Kammerkasse; allein Gauß zweifelte nicht, daß sie für seine Bedürfnisse ziemlich ausreichen würden. So konnte er denn auch fernerhin ungestört nur seinen Studien leben und vor allem die Disquisitiones zum Abschluß bringen.

Die Universitätsbibliothek zu benutzen, war er im October auf einige Tage nach Helmstedt gegangen. Damals zuerst machte er die Bekanntschaft des Helmstedter Mathematikers, Professor J. F. Pfaff, eines Gelehrten von nicht unbedeutendem Ruf: als den größten seiner Wissenschaft in Deutschland anerkannte ihn nachmals Laplace, während er Gauß den ersten Platz unter allen Mathematikern Europas zusprach. Gauß fand seine Erwartung von ihm nicht getäuscht; 'er zeigt das untrügliche Kennzeichen des Genies, eine Materie nicht eher zu verlassen als bis er sie womöglich ergrübelt hat', heißt es über Pfaff in jenem Novemberbriefe an Bolyai. Auch von seinem Charakter sollte er demnächst eine hohe Meinung gewinnen. Mit seltener Freundlichkeit kam Pfaff ihm entgegen; als Gauß ein Jahr später, gegen Mitte Decembers 1799, zu längerm Aufenthalt (der sich dann bis Ostern 1800 ausdehnte) nach Helmstedt kam, bot Pfaff ihm seine Gastfreundschaft an, und Gauß folgte dieser

Einladung. 'Ich wohne hier', schrieb er am 16. December 1799 an Bolyai, 'bei dem Professor Pfaff, den ich eben so sehr als einen trefflichen Geometer wie als einen guten Menschen und warmen Freund verehre; ein Mann von einem arglosen kindlichen Charakter, ohne alle die Leidenschaften, die den Menschen so sehr entehren.' In dem wissenschaftlichen Austausch welchen Beide während dieses Zusammenlebens mit einander pflogen, hatte Gauß, wie wir hören, allerdings die Empfindung mehr zu geben als zu empfangen; Pfaffs Schüler ist er in keinem Sinne gewesen, und nie hat denn auch Pfaff es so angesehen. War gleichwohl aber von dieser Seite alles dazu angethan ihm diese Monate angenehm zu machen, so fand er sich von den sonstigen Eindrücken seiner Umgebung, zu Anfang wenigstens, nur mäßig erbaut. 'Da ich noch nicht einmal acht Tage hier bin', schrieb er, 'so kann ich noch nicht entscheiden, wie ich übrigens hier zufrieden sein werde: der Ort selbst ist affreux, die Gegenden umher werden gerühmt. Bequemlichkeiten des Lebens muß man manche entbehren; unter den Professoren, die ich habe kennen lernen, sind artige Männer.'

Mittlerweile aber begann die kleine Braunschweiger Welt sich seinetwegen einigermaßen in Unruhe zu setzen. Nicht ganz ohne Grund: zu denken gab sein Fall in der That.

Nachfolger eines der glänzendsten und sorglosesten Fürsten seines Hauses, war Herzog Karl Wilhelm Ferdinand in der schweren Schule der Tilgung einer Landesschuld die zeitweilig kaum ohne Staatsbankerott zu bewältigen schien, selbst ein gar sparsamer Herr geworden. Karg schalten ihn Viele, und nicht bloß Die welche vor Allem an sich dachten, wenn sie die stets offene Hand Herzog Karls vermißten. Die Ungerechtigkeit dieses Vorwurfs ist offenbar: für die geistige und

wirthschaftliche Hebung seines Landes hat Karl Wilhelm
Ferdinand fort und fort die schwersten persönlichen Opfer
gebracht. Eben diesen Zweck aber hielt er allerdings streng
im Auge, sooft er Einzelne persönlich förderte. Daß Wohlthaten wie er sie Gauß und anderen hoffnungsvollen Landes-
kindern erwies, dem Lande Frucht tragen würden, war seine,
wenn auch nicht immer ausdrücklich betonte, in der Regel
doch selbstverständliche Voraussetzung. Einem Talente die
Mittel zu gewähren sich ohne Bindung an die Aufgaben
eines öffentlichen Dienstes, in selbstgenügsamer Muße frei zu
entfalten, würde ihm unter gewöhnlichen Umständen un-
erlaubt, ein Raub am Gemeinwohl erschienen sein.

Um so höher ist es anzuschlagen, das er hierin zu Gauß'
Gunsten eine Ausnahme zu machen wußte. Und wenn dieser
Vorzug uns, die wir auf die vollendete Bahn eines so einzigen Gestirnes zurückblicken, nur natürlich scheinen will —
dem Herzog und seinen Rathgebern bleibt nichtsdestoweniger
der Ruhm, schon damals erkannt oder geahnt zu haben, daß
sie hier einer Kraft gegenüberstanden die nicht mit dem
Maßstabe gemeiner Nützlichkeit zu würdigen, nicht in das
Getriebe eines staatlichen Mikrokosmos einzuspannen war,
die das was sie vermochte, einer höhern Welt, der Welt
reiner Wissenschaft schuldete.

Dem Banausenchorus der Zeitgenossen konnte diese Be-
trachtungsweise natürlich nicht zugemuthet werden. Ein
Mathematicus und nichts weiter, ohne amtliche Qualifica-
tion, noch durch keine öffentlich anerkannte Leistung bewährt
— kritischen Leuten war das natürlich eine fragwürdige
Existenz, 'Serenissimi so ungemeines Wohlwollen für solche
Person' ein Räthsel. Schwache Gemüther geriethen in Gefahr an der Gerechtigkeit der waltenden Mächte irre zu
werden; wenn die Eingeweihten betheuerten, der junge Gauß

entziehe sich der üblichen Beurtheilung eben wegen der Ungewöhnlichkeit seiner Gaben, so vermochte das die Frage nach gemeingültigen Beweisen doch nicht zum Schweigen zu bringen.

Der Herzog kannte die Art der Menschen im allgemeinen und seiner getreuen Residenzstadt im besondern zu gut, als daß er nicht auf Mittel gedacht hätte diesen Stimmungen ihr Recht angedeihen zu lassen. Das nächstliegende war ein Ausspruch der Landesuniversität. Schon im December 1798, bei Entscheidung der Stipendiumsfrage, hatte der Herzog Gauß andeuten lassen, daß er seine Promotion rathsam finde und selbige am liebsten in Helmstedt vollzogen sähe.

Für Gauß war diese Nöthigung dermalen in manchem Betracht sehr unbequem, am meisten wegen der Unterbrechung die seine Arbeit an den Disquisitiones darüber erleiden mußte. Anfangs dachte er wohl die Sache hinzuhalten, bis er dieses Werk fertig gebracht hätte; er gab der Hoffnung Raum dann auch ohne Kosten und 'ohne die gewöhnlichen Harlequinaden' abzukommen. Doch überwog demnächst die schuldige Rücksicht auf den wiederholt ausgesprochenen Wunsch des Herzogs: im Mai 1796 schickte Gauß sich an demselben Folge zu leisten.

Wenigstens die lästigste der Formalitäten, eine öffentliche Disputation an Ort und Stelle, blieb ihm erspart. Auf Zimmermann's Anfrage über diesen Punct antwortete Pfaff brieflich am 20. Mai: 'Daß Herr Gauß hier promoviren will, ist mir sehr angenehm und wird gewiß auch bei den übrigen Mitgliedern der Facultät gar keine Schwierigkeit finden. Der Regel nach wird zwar ein Examen und eine in loco zu haltende Disputation gefordert; indessen glaube ich im Voraus versichern zu können, daß die Facultät einen so geschickten

Candidaten davon dispensiren werde, zumal die promotiones in absentia auch sonst nicht so ungewöhnlich sind.
... Es wird nun zunächst darauf ankommen, daß Hr. Gauß sein specimen an mich einsende, zugleich aber auch eine lateinisch abgefaßte epistolam petitoriam an Decanum und Profess. ord. Philos. gerichtet beyfüge. Beydes werde ich sodann übergeben und mit meiner besten Empfehlung begleiten. Jedoch erfordert es von mir die der Facultät und ihren Rechten schuldige Pflicht, ohne alle Rücksicht auf mich selbst noch etwas in Ansehung des Honorarii beyzufügen, da mir die Unterlassung davon leicht verdacht werden könnte. Die Facultät hat (so weit ich aus meiner bisherigen Amtsführung abstrahirt habe) die Maxime, das Honorarium nicht zu erlassen, wovon nur sehr ungern und selten abgewichen wird. Diese Maxime gründet sich theils auf eine billige Rücksicht auf einen mit zu dem Einkommen gehörigen, bey anderen Facultäten noch ungleich beträchtlichern Vortheil, theils auf einen noch wichtigern Umstand, indem man nehmlich bemerkt hat, daß die academischen Würden, wenn sie umsonst ausgetheilt oder für einen geringen Preis gleichsam feilgeboten werden, eben dadurch in ihrem Werth und Credit bey dem Publicum verlieren. Von dem, in dieser Hinsicht einigen Universitäten gemachten Vorwurf hat sich die unsrige frey zu erhalten gesucht. Uebrigens beträgt das ganze Honorarium 40 Thlr, wovon der Decanus (jetzt Hofrath Schulze) die Hälfte bekommt. Will nun Hr. Gauß das Ganze oder einen Theil erlassen haben, so ist dieses in der epist. petitoria zu bemerken, da dann gewöhnlich, weil es jura singulorum betrifft, kein gemeinschaftlicher Schluß gefaßt, sondern die Sache jedem für sich überlassen wird. Das Bisherige habe ich aus keiner eigennützigen Absicht angeführt, denn ich meinestheils erkläre mich hierdurch sehr bereitwillig, aus Rück-

ſicht für Hrn. Gauß, dem mir zuſtehenden geringen Antheil ſehr gern zu entſagen. Indeſſen habe ich es für beſſer gehalten, die Sache, wie ſie ſich der Wahrheit gemäß verhält, gleich anfangs offenherzig darzulegen, als ein etwa entſtehendes Misverſtändniß erſt in der Folge aufklären zu müſſen.'

Dieſe Sorgen waren überflüſſig: die Promotionskoſten zu tragen, hatte inzwiſchen ſchon der Herzog ſich bereit erklärt. Zu großer Genugthuung der philoſophiſchen Facultät. 'Es iſt wirklich ſehr angenehm,' bemerkte der Decan Hofrath Schulze in dem Schreiben mit welchem er am 29. Juni Gauß' Bittſchreiben und Diſſertation in Umlauf ſetzte, 'daß die philoſophiſche Facultät jetzt nicht mehr ſo behandelt wird wie ehemals, wo ſie, wenn der Hof einen Candidaten begünſtigen wollte, Befehl erhielt, das Diplom umſonſt auszufertigen.'

Das Bittſchreiben datirt vom 26. Juni und enthält eine Lebensſkizze, welche in warmen Worten Zeugniß ablegt von dem was Gauß ſeinem fürſtlichen Gönner verdankte. Ohne den Herzog, bekennt er, hätte es für ihn kaum eine Hoffnung gegeben ſich den Wiſſenſchaften und vollends ſeiner Wiſſenſchaft ganz weihen zu können. Seine Diſſertation, welche bald darauf zu Helmſtedt bei Fleckeiſen im Druck erſchien: Demonstratio nova theorematis, omnem functionem algebraicam rationabilem integram unius variabilis in factores reales primi vel secundi gradus resolvi posse, hatte er ſchon Ende Mai's an Pfaff eingeſandt. Pfaff ſchrieb darüber am 28. Juni: 'Ich kann von dieſer Abhandlung nicht anders als ſehr vortheilhaft urtheilen, da ſie von des Verfaſſers vorzüglichen Fähigkeiten und gründlichen Einſichten einen überzeugenden Beweis enthält, ſo daß nach deren demnächſt zu erwartenden

Abdrucke der Candidat unter diejenigen zu rechnen sein wird, deren Promotion unserer Facultät zur Ehre gereicht.' Nach diesem Gutachten des berufenen censor disputationis blieb den anderen Collegen nur noch übrig sich zu diesem geschickten Candidaten zu gratuliren und dessen Promotion einmüthig zu genehmigen. Nachdem auch das Honorarium eingegangen und am 13. Juli jedem der Herren der ihm davon zukommende Theil, 2 Thlr. 12 Ggr., geworden war, wurde Tages darauf das Diplom ausgefertigt.

Es war doch Etwas, daß Braunschweig seinen jungen Gauß hinfort wenigstens 'für einen Doctor ästimiren' konnte! Nur Wenige allerdings, aber es gab ihrer doch hier und anderer Orten, denen der Titel weniger galt als die Leistung auf die er gewonnen war. Von den Urtheilen die Gauß darüber zu Ohren kamen, machte eins ihm besondere Freude. Nur etwa der dritte Theil seiner Promotionsschrift handelte von deren eigentlichem Thema, alles übrige war einer Geschichte und Kritik der Arbeiten anderer Mathematiker über denselben Gegenstand gewidmet, wobei denn allerlei Unliebsames über die Seichtigkeit der landläufigen Mathematik mit unterlief, das sich namentlich die Compendienschreiber zu Herzen nehmen konnten. Um so angenehmer sah Gauß sich überrascht, als er aus dritter Hand erfuhr, daß Einer aus dieser Zunft, welchen er übrigens als einen der besten deutschen Mathematiker anerkannte, General v. Tempelhoff in Berlin, den Ausspruch gethan hatte: 'Der Gauß ist ein ganz verzweifelter Mathematiker; er giebt auch nicht eine Handbreit Terrain nach, er hat brav und gut gefochten und das Schlachtfeld vollkommen behauptet.'

* * *

VII.

Wir hörten, wie Gauß gehofft hatte den Druck seiner Disquisitiones arithmeticae zur Ostermesse 1798 vollendet zu sehen. Die Hemmnisse an denen diese Rechnung scheitern sollte, entzogen sich seiner Voraussicht.

Zunächst vermochte er selbst die Ausarbeitung so rasch doch nicht zu fördern wie er sich vorgesetzt hatte. Aus einer Mittheilung an Bolyai ersehen wir, daß Ende Novembers 1798 der siebente Abschnitt, die Theorie der Polygone, 'im Wesentlichen', immerhin also noch nicht völlig zum Abschluß gediehen war; 'der letzte', fügte er hinzu, 'wird mich noch eine beträchtliche Zeit beschäftigen, da er die schwersten Materien enthält. Ich werde indeß vor Ostern (wenn ich gesund bleibe, was ich bis jetzt ziemlich bin) gewiß fertig; ich will wünschen, daß auch der Drucker es wird.' Grade dieser aber ließ es zumeist an sich fehlen; er war, wie Gauß gleichzeitig klagt, ein sehr phlegmatischer Mann, bei dem alle Vorstellungen und Bitten wenig fruchteten. Bis dahin waren erst sieben, beim Jahresschluß erst zehn Bogen wirklich gedruckt; daß er es bis Ostern auf dreißig, oder wie viel mehr etwa erforderlich waren, werde bringen können, hielt Gauß selbst damals kaum noch für möglich. Die unerwünschte Frist welche der langsame Fortgang des Druckes ihm gewährte, hatte er im Laufe des Sommers und Herbstes dazu angewandt den fünften Abschnitt zum dritten und vierten Mal umzuarbeiten, was dem Werke allerdings zu höchstem Vortheil gereichte: 'Bei jeder folgenden Bearbeitung', bemerkte er gegen Bolyai, 'ist es mir geglückt, die Sache auf eine solche Art auszuführen, daß sie meine bei der vorhergehenden gehegten kühnsten Hoffnungen überstieg.' Nunmehr aber kam noch ein neuer Anstand hinzu. Im weitern Fortgange der Arbeit wuchs das Buch über den veranschlagten Umfang erheblich hinaus; als schließlich das Manuscript fertig vorlag, ließ sich vorhersehen, daß die Druckkosten mit den vom Herzoge gewährten Mitteln nicht zu decken waren.

Um die erforderliche Nachverwilligung zu bitten, hatte Gauß seine bescheidenen Bedenken. Er entschloß sich mit dem siebenten Abschnitte zu schließen, den achten vorläufig zurückzulegen, versuchte auch im übrigen manche Kürzung, konnte indessen weder so noch so zu Rathe kommen. Auch hierüber erlitt der Druck noch eine längere Unterbrechung, bis eines Tages der Herzog sich nach dem Stande der Sache erkundigte, wonach denn nichts übrig blieb als ihm die obwaltende Schwierigkeit zu entdecken. Es war das Beste was geschehen konnte. Die fürstliche Munificenz bewährte sich abermals, unverzüglich wies der Herzog die noch fehlenden Mittel an, und so konnten endlich im Sommer des Jahres 1801 die letzten Bogen des Werkes aus der Presse hervorgehen. Vom Juli datirt die vorgedruckte Widmung.

Herzog Karl Wilhelm Ferdinand sind die Disquisitiones zugeeignet. Sie setzen diesem Fürsten ein Denkmal wie ihm edlerer Art und dauernder die Nachwelt keins errichtet hat noch errichten wird. 'Als höchstes Glück, gnädigster

Fürst, erkenne ich, daß Du mir erlaubst, mit Deinem erhabenen Namen dieses Werk zu schmücken, das in Erfüllung der heiligen Pflicht dankbarer Liebe ich Dir darbringe. Denn wenn Deine Gnade mir nicht den Zugang zu den Wissenschaften eröffnet, wenn Deine unablässigen Wohlthaten meine Studien nicht bis auf diesen Tag unterstützt hätten, so würde ich den mathematischen Wissenschaften, denen ich aus innerster Neigung zugethan bin, mich nimmer ganz haben widmen können. Ja auch die Betrachtungen deren in diesem Bande ein Theil vorliegt — daß ich sie unternehmen, sie mehre Jahre hindurch fortsetzen, sie aufzeichnen konnte, verdanke ich nur Deiner Güte, welche mir reichte was nöthig war, damit ich frei von anderen Sorgen, dieser Arbeit vornehmlich obzuliegen vermochte. Deine Großmuth hat all die Hindernisse beseitigt welche die Herausgabe verzögerten.' So verkündet Gauß hier vor aller Welt was er vordem schon in Helmstedt bekannt hatte. Und weiterhin dann rühmt er, wie der Fürst mit weiser Einsicht in den innern Zusammenhang aller Wissenschaften auch denjenigen seinen Schutz nicht versagt welche gemeinlich als abstrus und ohne Nutzen für das praktische Leben in geringerer Gunst stehen. Wir wissen, daß dies keine schmeichlerische Phrase war, und daß von der Wahrheit dieses Ausspruches Niemand tiefer durchdrungen sein konnte als eben Gauß.

Mit den Disquisitiones hatte der vierundzwanzigjährige Mann seinen Ruf für alle Zeiten begründet. Als epochemachendes Werk, als ein Markstein in der Geschichte der Zahlentheorie wurden sie alsbald von Allen anerkannt denen ein Urtheil darüber zustand. Freilich einer kleinen Gemeinde, die in Braunschweig nur etwa durch Zimmermann und Hellwig vertreten war. Nicht lange aber, und die geniale Kraft aus der diese erste große That geboren war, bezeugte sich in einem Erfolge der das Aufsehen der ganzen gebildeten Welt erregte.

Am 1. Januar 1801 hatte Joseph Piazzi in Palermo einen unbekannten Stern achter Größe entdeckt, den er zuerst für einen Kometen hielt, bald aber als Planeten zu erkennen glaubte und Ceres Ferdinandea nannte. Seine Beobachtungen indeß reichten zu einer sichern Bahnberechnung nicht aus; vergebens bemühten sich Oriani in Mailand, Zach auf dem Seeberge bei Gotha, Olbers in Bremen, das neue Gestirn am Himmelsgewölbe aufzufinden. Gegen Ende des Sommers war es, daß bei Gelegenheit eines Besuches welchen Gauß ihm abstattete, Zimmermann auf diese Dinge zu sprechen kam. Gauß hörte mit gespannter Aufmerksamkeit zu, blieb einen Augenblick nachdenklich in sich versunken und äußerte dann, daß er eben jetzt vielfach mit Berechnung der Planetenbahnen beschäftigt und dabei auf ganz neue Methoden gekommen sei, welche sehr viel schneller und sicherer als die bisher üblichen zum Ziele führten; sie an der Berechnung der Ceresbahn zu versuchen hätte er wohl Lust, wenn er nur Piazzis Beobachtungen kennte. Zimmermann schaffte dieselben herbei, und nach unverhältnißmäßig kurzer Zeit übergab Gauß ihm seine Berechnungen, die er dann Zach mittheilte. Schon im December veröffentlichte dieser sie in seiner 'Monatlichen Correspondenz'. Sie ergab, daß der Raum am Himmel innerhalb dessen man die verlorene Ceres zu suchen hatte, um 6—7° weiter nach Osten auszudehnen war, und nach dieser Bestimmung gelang es am 7. December 1801 Zach, am 1. Januar 1802 Olbers, dieselbe 'wie ein Sandkörnlein am Meeresstrande' wieder aufzufinden.

'Nur Diejenigen, welche aus der Theorie wissen, wie schwierig es ist, aus so dürftigen Daten wie die Piazzi'schen vierzigtägigen Beobachtungen es waren, und aus einem so kleinen beobachteten Bogen von 9° auf eine ganze Bahn von 360° zu schließen, werden das Talent, die Geschicklichkeit und das scharfsinnige Combinationsvermögen des Dr. Gauß gehörig schätzen und bewundern.' So urtheilte damals Zach. Und Olbers nahm keinen Anstand zu bekennen: 'Ohne seine (Gauß') mühsamen Untersuchungen über die elliptischen Elemente dieses Planeten würden wir diesen vielleicht gar nicht wiedergefunden haben.' Mit der Nachricht von dieser ersten großen Entdeckung des neuen Jahrhunderts drang Gauß' Name nun auch in weitere Kreise. 'Der Herzog von Braunschweig', rief Laplace prophetisch aus, 'hat in seinem Lande mehr entdeckt als einen Planeten: einen überirdischen Geist in menschlichem Körper!' Auch Braunschweig durfte sich entschließen an ihn zu glauben.

Es fehlt wiederum nicht an Andeutungen aus denen man entnehmen muß, daß Mancher dabei sauersüße Mienen zeigte. Und eine Verlegenheit brachte diese Wendung über die Männer welche mit der Frage umzugehen hatten, wie das dankbare Vaterland den Verdiensten dieses seines gepriesenen Sohnes gerecht werden, welche würdige Aufgabe es ihm bieten konnte. Um so unabweislicher drängte sich nunmehr diese Frage auf, als eben jetzt eine Entscheidung fiel, die — allerdings völlig im Sinne Gauß' selbst und seiner besten Freunde — die Aussicht verschloß welche vorläufig allein für ihn in Betracht kommen konnte.

An den Hofrath v. Zimmermann erging im Sommer 1801 von Petersburg ein Ruf, der verlockend namentlich deshalb war, weil er größere Muße zu literarischer Wirksamkeit verhieß als seine dreifache Professur am Collegium Carolinum gewährte. Der Herzog überbot diesen Antrag, indem er Zimmermann unter Erhöhung seines Gehaltes zum Geheimen Etatsrath ernannte und von allen Verpflichtungen seiner bisherigen Stellung entband. So blieb Zimmermann für Braunschweig erhalten; nicht ganz leicht aber war über die Wiederbesetzung seiner beiden Lehrstühle schlüssig zu werden. Mathematik und Naturgeschichte wieder in eine Hand zu legen trug man anfangs Bedenken; auch Hellwig, der den ersten Anspruch auf die Nachfolge hatte, rieth dringend für jedes dieser Fächer einen eigenen Lehrer anzustellen, brachte auch zwei vorzüglich geeignete Persönlichkeiten in Vorschlag. Von seinen vierjährigen Reisen in Portugal zurückgekehrt, hatte vor einigen Wochen Graf Hoffmannsegg den Entschluß gefaßt seinen Wohnsitz so lange Hellwig lebte in Braunschweig zu nehmen, um in Gemeinschaft mit diesem die reichen naturhistorischen Sammlungen zu bearbeiten die er heimgebracht hatte und aus den eröffneten Quellen noch zu vervollständigen hoffte. An diesen Arbeiten nahm auch Joh. Carl Wilh. Illiger theil, ein früherer Schüler Hellwigs, der in seiner 'Naturhistorischen Terminologie' schon ein als bahnbrechend anerkanntes Werk geliefert hatte, von der philosophischen Facultät in Kiel honoris causa zum Doctor creirt war und damals ebenfalls, durch den Herzog unterstützt, in Braunschweig privatisirte. 'Ohne vieles Geräusch,' sagt Hellwig in seinem Promemoria vom 14. November 1801, 'etablirte sich durch diese Verbindung in Braunschweig ein Tribunal an das in verschiedenen Fächern der Naturgeschichte von deutschen, französischen, italienischen und nordischen Naturforschern als an die höchste Instanz zu völliger Zufriedenheit der Parteien appellirt wird.' Im Interesse sowohl der Wissenschaft als auch des Landes schien es unter diesen Umständen in hohem Grade wünschenswerth Illiger in Braunschweig zu fesseln, und dazu schien jetzt, bei Zimmermanns Abgange, die beste Gelegenheit. Illigern also wünschte Hellwig die erledigte Professur der Naturgeschichte übertragen zu sehen. Für die der Mathematik empfahl er ebenso angelegentlich Iden und nur Iden. Auch dieser Schützling des Herzogs hatte die auf ihn gesetzten Hoffnungen vollauf gerechtfertigt. Schon 1800 hatte ihm seine 'Theorie der Weltkörper unseres Sonnensystems und ihrer elliptischen Figur, nach Herrn la Place frei bearbeitet', einen geachteten Namen gemacht; 1801 folgte sein 'System der reinen und angewandten Mechanik fester Körper'. Nachdem er im September dieses Jahres zu Helmstedt den Doctorgrad erlangt, hatte er zu Beginn des Wintersemesters in Göttingen akademische Vorlesungen eröffnet. Konnte er sich an schöpferischer Tiefe des Geistes mit Gauß allerdings nicht messen, so war man doch geneigt ihm als Lehrer den Vorrang einzuräumen. 'Es würde ungerecht sein', schrieb Hellwig, 'unsern talent- und kenntnißreichen Gauß mit Stillschweigen zu übergehen. Daß ich aber mehr für Iden bei Besetzung dieser Stelle bin, wird durch die mir bekannten vorzüglichen Lehrgaben desselben bestimmt.'

Hellwigs Pläne zerschlugen sich. Er selbst wurde in beiden Fächern Zimmermanns Nachfolger. Illiger, neun Jahr später sein Schwiegersohn, starb 1813 als Professor und Direktor des zoologischen Museums in Berlin; Ide fuhr fort seinen akademischen Beruf in Göttingen zu üben, bis er 1803 an die Universität Moskau berufen wurde, wo ein vorzeitiger Tod ihn schon 1806 hinwegraffte. Ob ein anderer Ausgang dem Carolinum besser gefrommt hätte, darf hier unerörtert bleiben; in Einem aber gab die Folge Hellwig Recht: Gauß war nicht der Mann, zu eigener Befriedigung und mit rechtem Nutzen für Andere eine Professur an jener Anstalt zu versehen. Denn 'bei seiner idealen Auffassung der Wissenschaft war er nur zum Akademiker geboren . . . . alles regelmäßige Lehren, das Handwerk eines Professors, entsprach seinen Wünschen sehr wenig.' So lautet das Endurtheil Derer welche den ganzen Inhalt seines Lebens übersahen. Und ob genau in diesem Sinne getroffen oder nicht — für ihn wie für die Welt war ein Glück die Entscheidung die ihn vor der Nothwendigkeit bewahrte, kostbare Kräfte an eine immerhin doch untergeordnete Lehrthätigkeit zu setzen. Was ihm noththat, war unbeschränkte Muße sich in die Welt seiner Gedanken zu vertiefen, stillzuhalten der Ideenflut die Tag und Nacht in seiner Seele emporquoll.

Was aber sollte zunächst mit ihm werden? Den Sorgen welche wohlmeinenden Freunden — ob auch Gauß selber, wissen wir nicht — bei dieser Frage zuweilen aufstiegen, machte sehr bald Herzog Karl Wilhelm Ferdinand ein Ende. Er erwog, daß einer Kraft wie dieser über kurz oder lang lockende Aussichten in die Ferne sich anfthun mußten, und seinem fürstlichen Ehrgeiz widerstrebte es, nichts zu thun was sie dem Lande erhalten konnte. Wie er soeben mit nicht unerheblichen Opfern Zimmermann zum Bleiben vermocht hatte, so baute er ans freiem Antriebe bei Gauß nun vor. Gegen Ende des Jahres setzte er diesem einen festen Jahrgehalt aus, vorläufig von 400 Thalern. 'Ich hoffe', schrieb Gauß am 23. Februar 1802 an Olbers, mit welchem er seit Januar in Briefwechsel getreten war, 'in Zukunft mich meinen Lieblingswissenschaften bald mit mehr Energie ergeben zu können. Bisher war ich in einer sehr dürftigen Lage, aller literarischen Hilfsmittel fast ganz beraubt. Unser edler Fürst, dem ich ohnehin Alles was ich bin zu verdanken habe, hat, nachdem er die neuesten Nachrichten über unsere Ceres im Febr[uarhefte] d. M[onatl.] C[orrespondenz] gesehen, mir aus eigener Bewegung eine anſehnliche Verbeſſerung meiner Lage zugeführt, ohne meine Muße durch beſtimmte Dienſte zu beſchränken. Ich fühle es lebhaft, wie viel ich von dieſer glücklichen Wendung auf Rechnung Ihrer großmüthigen Aeußerungen zu ſetzen habe, und dieſe Wirkung wird Ihnen bei Ihren freundſchaftlichen Geſinnungen für mich gewiß Freude machen.'

* * *

VIII.

'Aber ich habe es ja nicht verdient, ich habe noch nichts für das Land gethan', warf Gauß ein, als Etatsrath von Zimmermann ihm diese Gnadenbezeigung des Herzogs ankündigte. Unter dem Antriebe seiner Erkenntlichkeit beschloß er nun auf eigene Kosten wenigstens einen Sextanten zu kaufen und Ortsbestimmungen vorzunehmen. Er kannte und ehrte die Regel nach welcher der Herzog in diesen Dingen verfuhr; sich ihren Forderungen überhoben zu glauben, für sich eine Exemtion zu begehren, das waren Gedanken die seiner selbstlosen Bescheidenheit fern lagen.

Ernster als die Meisten die sich in ähnlicher Lage sahen, hat er es denn auch mit den Pflichten der Dankbarkeit genommen die er sich auferlegt fühlte, da ihm ungefordert und wider Erwarten ein solcher Vorzug eingeräumt ward. Und bald genug trat an ihn die Gelegenheit heran dieses Pflichtgefühl zu bethätigen. Sie wurde hereingeführt durch einen Fall wie ihn der Herzog hatte kommen sehen.

Schon am 31. Januar 1801 hatte die Akademie der Wissenschaften in Petersburg Gauß zu ihrem correspondirenden Mitgliede ernannt. Jetzt, nach den neuen Erfolgen dieses Jahres, begann man von Petersburg her mit den lockendsten Verheißungen bei ihm anzuklopfen. Es galt ihn als Director für die dortige Sternwarte zu gewinnen. Wohl durfte Gauß in seiner Entschließung einen Augenblick schwanken. In einem Briefe vom 12. October 1802 suchte er Rath bei Olbers. Olbers hielt sich für verpflichtet Alles daran zu setzen, damit dieses 'unvergleichbare Genie' dem deutschen Vaterlande erhalten werde, und die neue Sternwarte in Göttingen, mit deren Bau die hannoversche Regierung damals umging, schien einen angemessenen Wirkungskreis für Gauß in Aussicht zu stellen. Ohne Wissen seines Freundes schrieb er am 3. November an Heeren, empfahl Gauß als den besten Mann auf den die künftige Directorwahl fallen könnte, und drang auf schleunige Eröffnung der erforderlichen Verhandlungen. Als eine Antwort einging die das bereitwillige Entgegenkommen des Universitätscuratoriums verbürgte, sprach Olbers sich mit aller Entschiedenheit für die Ablehnung des Petersburger Rufes aus.

Aber die somit eröffnete Aussicht lag noch in ziemlicher Ferne. Mit dem Bau der Göttinger Sternwarte war noch kein Anfang gemacht, erst die Fundamente lagen da, als nach vier Jahren die Fremdherrschaft mit ihrem Königreich Westphalen hereinbrach. Was aber für Gauß in der Petersburger Angelegenheit den Ausschlag gab und wodurch er ebenso auch sich abgehalten fühlte in Göttingen auf eine Entscheidung zu dringen, die, wenn er gewollt hätte, ohne Zweifel schon damals in Olbers' Sinne ausgefallen wäre, das war in erster Linie die Rücksicht auf seinen fürstlichen Wohlthäter.

Welche Vortheile er mit diesem Verzicht in die Schanze schlug, ersehen wir aus einem Schreiben des Etatsrathes v. Fuß in Petersburg, der die Sache der Akademie bei ihm geführt hatte. 'Die Akademie', so schreibt dieser am 19. Mai

1803, 'hat durch Ew. Wohlgeboren letzteres, unterm 4. April an mich abgelassenes Schreiben die Hindernisse vernommen, welche sich der Annahme eines Rufes nach St. Petersburg entgegensetzen. Sie bedauert es, die Hoffnung, einen Mann von so ausgezeichneten Talenten zu besitzen, aufgeben zu müssen, aber sie ehrt die Beweggründe, welche Ihren Entschluß bestimmt haben. Ich meinerseits kann, nachdem ich Alles erschöpft habe, was sich anführen ließ, um Sie zur Annahme der Ihnen gemachten Anerbietungen zu bewegen, nur wünschen, daß Ihre verbesserte Lage in Braunschweig Ihnen alle Zufriedenheit gewähren möge, die wir uns bestrebt haben würden, Ihnen hier zu verschaffen; und ich zweifle nicht, daß das Bewußtsein, die Pflicht der Dankbarkeit gegen Ihren vortrefflichen Fürsten erfüllt zu haben, Sie für das ihm gebrachte Opfer entschädigen werde. Wie groß dieses Opfer sey, werden Sie erst dann ganz erfahren, wenn das neue Reglement und der verbesserte Etat der Akademie, deren Bestätigung wir zu Ende dieser Woche zuversichtlich erwarten, öffentlich bekannt gemacht werden wird. Vorläufig kann ich Ihnen sagen, daß 2400 R. Gehalt, freye Wohnung und Heizung, Kollegienraths-, das ist Obristenrang, Pension der halben Gage nach zwanzigjährigem, der ganzen nach dreißigjährigem Dienste, Versorgung der Wittwe und der Waysen durch einen der Zahl der Dienstjahre entsprechenden Gnadengehalt einige der Vortheile sind, denen Sie wahrscheinlich entsagt haben.'

Schon am 25. Januar 1803 war aus der geheimen Kanzlei an fürstliches Finanzcollegium der Befehl ergangen: 'Da dem Dr. Gauß hieselbst, welcher einen Ruf nach Petersburg ausgeschlagen hat, eine Zulage von 200 Rthlr. nebst einem Holzdeputate von 4 Klafter Buchen- und 8 Klafter Tannenholz und statt des freien Logis, bis er solches in natura erhalten kann, eine Vergütung von 50 Rthlr. jährlich bewilliget worden, so ist zu verfügen, daß besagte Zulage ohne Abzug des ersten Quartals von Weihnachten v. J. an in Quartalratis nebst der Logisvergütung zu 50 Rthlr. aus derjenigen Kasse, aus welcher er seinen jetzigen Gehalt erhebt, gezahlet werde.' Seitdem figurirt Gauß in den Kammerrechnungen unter den 'Räthen und Bedienten außerhalb den Collegiis', und somit war er denn förmlich in den Dienst des Herzogs getreten. Zunächst immer noch ohne bestimmte amtliche Verpflichtung: eine Stelle die seinen Neigungen und Bedürfnissen entsprach, sollte für ihn erst noch geschaffen werden. Man dachte auf die Gründung einer Sternwarte, wie solche Herzog Ernst II von Gotha auf dem Seeberge errichtet und unter Zachs Leitung gestellt hatte.

Genaueres über diese Wendung ergeben einige Briefe die Gauß um diese Zeit an Olbers richtete.

'Sie haben, mein allerbester Freund', schreibt er am 4. Januar 1803, 'an meinem Schicksal einen so warmen Antheil genommen, sich so ernstlich dafür interessirt, daß ich es meinem Herzen nicht versagen kann, Ihnen vorläufig die Nachricht im Vertrauen mitzutheilen, daß aller Wahrscheinlichkeit nach aus meiner Entfernung aus Deutschland diesmal nichts wird. Unser Herzog, der sich meiner von jeher so großmüthig angenommen hat, hegt eine besondere Vorliebe dafür mich hier zu haben, will mein Weggehen nicht zugeben, sondern mich für die in P. angebotenen Vortheile schadlos halten. "Was will der Gauß", so hat er sich gegen unsern Geh. E.-R. von Zimmermann erklärt, "sich unterm 60. Grad der Breite die Augen verderben, da ich ihm Alles was er dort haben könnte, Muße und eine bequeme Lage," hier auch geben kann!" Ich habe nun eine beträchtliche Verbesserung meiner Umstände zu erwarten, wobei mir nichts zu wünschen übrig bleibt; und wie könnte ich ohne die größte Undankbarkeit einer so uneigennützigen Großmuth widerstehen?' Dann wieder am 1. März: 'Daß ich nun hier bleibe, hier in völliger Unabhängigkeit à mon aise leben werde (unser Fürst hat meine Pension auf 600 Thaler erhöht und dabei freie Wohnung zugeführt), diese Nachricht hätte ich Ihnen zwar schon vor ein paar Wochen schreiben können: allein ich wünschte Ihnen noch mehr schreiben zu können, und dies kann ich jetzt. Unser edler Fürst hat sich nemlich geneigt bezeigt, hier etwas für die ausübende Astronomie zu thun. Ich hatte ihm vorgestellt, daß ein Vorrath von zweckmäßigen Instrumenten, ein astronomischer Salon oder eine Art von kleiner Sternwarte eine Zierde der Stadt, ein Mittel den Geschmack an Astronomie mehr zu verbreiten, ein Mittel der Wissenschaft selbst nützlich zu sein, abgeben würde, und dieser Gedanke erhielt seinen Beifall. Unser Freund Zach hat bereits durch einen kleinen Ueberschlag gezeigt, wie sich mit mäßigen Kosten eine zweckmäßige Sammlung machen ließe, und sich selbst erboten, auf den Sommer selbst hieher zu kommen, um passendes Locale aufzusuchen und uns mit seinem Rathe behülflich zu sein; und eben gestern hat der Herzog in einem Billet an v. Zimmermann seinen Wunsch zu erkennen gegeben, daß dieses Anerbieten zur Wirklichkeit kommen möchte. Wenn also der Himmel meiner Ausführe (!) günstig ist, und sonst keine Hindernisse eintreten, so kommt Zach nach Johannis, wenn die Frühlingsreisen unsers Herzogs geendigt sind, zu uns; ich gehe eine Zeitlang nach Gotha, um mich in der praktischen Astronomie zu üben, und in Kurzem haben wir hier eine kleine Sternwarte, wodurch alle meine Wünsche erfüllt sein werden.' Endlich am 14. März: 'Ob ich mich hier jetzt auf immer als fixirt ansehen darf, das weiß ich in der That selbst nicht, mein theuerster Freund. Unserm vortrefflichen Fürsten habe ich Alles zu danken; dies knüpft mich fest an meine Vaterstadt. Er hat Sinn für die Cultur der Wissenschaften, auch insofern sie nicht zu den ersten Bedürfnissen der Societät gehören. Aber derer die diesen Sinn haben, giebt es nicht viele; nicht alle sind warm für die Begründung solcher Wissenschaften. Verhältnisse dieser Art eignen sich mehr für eine mündliche Unterredung als für die Feder. Der Himmel erhalte uns diesen großen Fürsten nur noch lange, wozu wir bei seiner festen Gesundheit die beste Hoffnung haben. Auf jeden Fall werde ich aber fester an Braunschweig fixirt sein, wenn das Project eines Etablissements für die Astronomie zur Wirklichkeit gedeiht, als ohne ein solches.'

Was in dieser Richtung wirklich geschah, wird weiterhin zu berichten sein. Wir werden hören, welche Verhältnisse sich dem rechten Fortgange des Unternehmens entgegenstellten.

Noch einmal konnte Petersburg die Stunde gekommen wähnen, seine Bewerbung um Gauß mit besserem Glück zu erneuern. Als Karl Wilhelm Ferdinand zu Anfang des Jahres 1806 in geheimer diplomatischer Mission des Berliner Hofes an der Newa weilte, lag man ihm dort — so bezeichnete er es — in den Ohren, gewünschter Maßen auf Gauß einzuwirken. Mit aller Entschiedenheit lehnte er dieses Ansinnen ab, und er durfte es um so gewisser, als er der treuen Anhänglichkeit des Umworbenen fest versichert war. Ihn von Neuem an sich zu fesseln, hätte es in der That nicht erst der nochmaligen Gehaltserhöhung bedurft die er bald nach seiner Heimkehr verfügte und Gauß zu seinem dreißigsten Geburtstage eröffnen ließ. Nur der Tod, in welchen ihn sechs Monate später sein Verhängniß trieb, hat den schönen Bund dieses Fürsten mit einem solchen Diener zu lösen vermocht.

So ist es denn unstreitig wahr: auch diesem Fürsten hat Deutschland Dank zu wissen, daß es mit keinem andern Volke den Anspruch zu theilen braucht Gauß zu den Seinen zu zählen. Und von allem Ruhme der Karl Wilhelm Ferdinand nachfolgte, ist dieser vielleicht der reinste und unvergänglichste. 'Sie werden schon dafür Sorge tragen, daß sein großer Name auch an den Himmel geschrieben werde,' prophezeite Zach in einem Briefe an Gauß 1803. Nicht grade ein Sternbild bewahrt seinen Namen der Nachwelt auf. Aber, so lautet eine andere Stimme, 'in jener fernen Zeit, in der ein Netz elektrischer Telegraphen den ganzen Erdball umstricken, in der auf den Fundamenten der Mathematik, der Astronomie und der Naturwissenschaften das menschliche Geschlecht zu einem neuen Culturzustande gelangt sein wird, wird neben Gauß, der die geistigen Siege der deutschen Nation verherrlicht, der Name des Herzogs Karl Wilhelm Ferdinand einen ehrenvollen Platz in der Geschichte der Wissenschaften einnehmen.'

Und neben seinem auch die Namen jener anderen beiden Männer die Gauß zuerst in den Kämpfen seiner Kindheit die helfende Hand entgegengereicht und ihn hervorgezogen haben in den erwärmenden Strahl der Gunst seines Fürsten: Bartels' und Zimmermanns Namen. In herzlicher Freundschaft blieb Gauß Beiden bis an ihr Ende verbunden. Zimmermann erlag am 1. Juli 1815 einem Schlaganfall, der ihn während der Beisetzung Herzog Friedrich Wilhelms, des Helden von Quatrebras, traf. Bartels war einer Laufbahn vorbehalten die ihn in gleicher Richtung mit Gauß, und wenn auch nicht zu solcher Höhe wie diesen, doch ebenfalls hoch über seine bescheidenen Anfänge hinausführte. Nach seinem Abgange vom Collegium Carolinum übernahm er zunächst wieder eine Lehrerstelle zu Reichenau in Graubündten. Von dort wurde er als Professor der Mathematik an die Universität Kasan berufen, und ein zweiter ehrenvoller Ruf zog ihn später nach Dorpat, wo er am 10. December 1836, fast zwanzig Jahr vor seinem jüngern Freunde, aus dem Leben schied.

* * *

IX.

Er hat sich emporgerungen aus der dunkeln Enge in die er hineingeboren war. Unmittelbar aus den dunkeln Grundtiefen des Volkes, alle Zwischenstufen überspringend, auf denen nach der Naturregel unseres gesellschaftlichen Organismus die Folge der Geschlechter im langsamen Wandel zu höheren Lebensformen aufsteigt, hat er sich in die lichtesten Höhen menschlichen Geistes emporgeschwungen. Er kennt seine Kraft und seinen Werth, und höher noch als sein eigenes Bewußtsein stellt beides die Meinung der Besten seiner Zeit. Sein Name fliegt durch alle Welt, die Ferne wirbt um ihn, sie bietet ihm was nur sein Herz begehren kann, mit allen Mitteln der Ueberredung drängt sie es ihm fast auf. Nach einer Vergangenheit voll Entbehrung und Bitterniß thut sich ihm die Zukunft mit Verheißungen auf wie sie lockender seine kühnsten Wünsche nicht malen konnten. Was wird, was muß er thun, wenn er begehrt und strebt wie menschliche Art ist?

Hätte er sich entschieden wie es Anderen in gleicher Lage selbstverständlich erschienen wäre, so würde darin auch ein strenger Richter keinen Beigeschmack niederer Strebsucht, nichts von der Gier nach Ehren, Erwerb, Genuß finden können plebejische Emporkömmlinge nur allzu leicht verfallen. Ja noch mehr: ein Glück das ungerufen daherkommt herzhaft zu erfassen und festzuhalten, wird nicht nur immer die natürlichste Regung gesunder Naturen sein — wer etwa noch zweifelnd zaudert, dem wird nicht selten auch ein Pflichtgefühl, oder was solchem nahe verwandt ist, den letzten entscheidenden Impuls geben zu thun was er möchte und doch nicht wagt. Nicht so bei Dem welcher hier vor uns tritt: seine Sittlichkeit war von feinerm Korne. Wie kraftvoll eigenlebig der Brunnquell seines Geistes zu Tage gesprungen war — er gedachte Derer die ihn in das Bette geleitet hatten in welchem er in ruhiger Größe nun dahinwallte. Wie ein Vorwurf des Undanks würde es seine Seele beschwert haben, wenn er das was so sein eigen geworden war, in die Fremde hinausgetragen hätte, um für sich selber damit ein glänzenderes Loos zu gewinnen als die Heimath ihm bieten konnte. So beschied er sich denn bei dem geringen Theile das hier ihm zufiel: nicht in mühevoller Selbstüberwindung, nicht mit widerstreitenden Empfindungen — nein wunschlos, ohne Seitenblick, in der Welt seiner Gedanken ruhend wie ein Unsterblicher.

Das ist Gauß, wie er aus jenen Tagen in der Erinnerung aufsteigt.

Nicht Alle freilich die diese Gestalt leibhaft vor Augen hatten, erkannten ihre Schönheit. Tadelnde Stimmen schwirrten um ihn auf, als sich aussprach was er von sich gewiesen hatte, einige der Art dringen leider auch zu uns. Es gab starke Geister die diese Entsagung schlechthin lächerlich fanden, guten Rechnern erschien sie unverzeihlich; am verdrießlichsten war sie Denen die Gauß von Herzen alles Gute gönnten, nur das nicht was ihm in unbequemer Nähe widerfuhr. Sehr natürlich, wenn auch Vater Gauß nicht recht mit sich einig werden konnte, ob er die Entschließung seines Sohnes billigen sollte oder nicht. Wagte er sich mit diesem Zweifel gegen den seiner Autorität Entwachsenen selbst nicht hervor, so hatte doch die Mutter zu schelten und zu schmeicheln, um sein Vertrauen zu stärken, daß ihr Karl Friedrich recht und wohl gethan.

Noch weniger allerdings reichte an diesen die Meinung der Uebrigen hinan. Nach innen gewandt, in sich gewiß, des Einverständnisses Derer versichert mit denen er sich geistesverwandt fühlte, ging er unbewegt an seinen Tadlern vorüber. Und was ihn dem Satyrspiel seiner Umgebung völlig entrückte: begann doch grade um diese Zeit ihm ein Glück zu erblühen, in welchem er Alles fand was seinem irdischen Theil noch mangelte.

Bei einem Weißgerber Ritter hatte seine Mutter gedient, als 1776 Meister Gauß um sie geworben. Zwei jenes Namens und Zeichens, ein Friedrich Behrend und ein Georg Karl Ritter wirkten als Zeugen bei der damaligen Ehestiftung mit, ein Monsieur Georg Karl Ritter war dann Karl Friedrichs Taufpathe. In seinem Hause war Gauß als Kind viel aus- und eingegangen, dort hatte er alle Weihnacht eine Bescheerung gefunden und sonst manches Gute genossen. Seit seiner Heimkehr von Göttingen nahm er auch an der Geselligkeit des Ritterschen Hauses theil. Heitern Tones, bürgerlich anspruchslos, dabei aber nicht ohne einen Anflug der feinern Bildung die in unserer Stadt grade damals auch im Mittelstande Eingang zu finden begann, hatte dieselbe für ihn einen Reiz dem er sich in einzelnen Stunden der Erholung gern überließ.

In diesem Kreise lernte er 1803 Demoiselle Johanne Osthoff kennen. Ihr Vater war der Weißgerbermeister Christian Ernst Osthoff, Besitzer des Hauses Nr. 303 auf dem

Bruche (jetzt Leopoldstraße Nr. 3), ein nach dem Maß seines Standes wohlbemittelter Mann; sie, geboren am 8. Mai 1780, das einzige Kind und der Augapfel ihrer Eltern. Eine Erziehung ganz entgegengesetzter Art wie die mit der es Meister Gauß gehalten, hatte in ihr alle Gaben einer glücklich veranlagten Natur zur Entfaltung gebracht. Sie war keine blendende Schönheit, und die vorhandenen Briefe ihrer Hand lassen den Kammstrich höherer Töchterschuhung bisweilen vermissen. Aber gemüthvoll, von unendlicher Herzensgüte, fröhlich wie ein Kind und von reizender Schalkhaftigkeit, dabei mit viel natürlichem Verstande begabt, trat sie Allen die ihr nahten, wie eine Lichtgestalt entgegen.

Von Anfang an fühlte auch Gauß sich lebhaft von ihr angezogen; nach einem Jahre öfterer Begegnung erkannte er ihren Besitz als den höchsten seiner Erdenwünsche. Am 12. Juli 1804 eröffnete er ihr sein Herz in folgendem Briefe:

„Nehmen Sie es gut auf, sehr theure Freundin, daß ich über die wichtige Angelegenheit schriftlich mein Herz vor Ihnen ausschütte, über welche es mündlich zu thun ich bisher keine schickliche Gelegenheit gefunden habe.

Lassen Sie es mich endlich einmal Ihnen aus der Fülle meines Herzens sagen, daß ich ein Herz für Ihre stillen Engelstugenden, ein Auge für die edlen Züge habe, die Ihr Angesicht zu einem treuen Spiegel dieser Tugenden machen. Sie, gute bescheidene Seele, sind so fern von aller Eitelkeit, daß Sie Ihren eigenen Werth selbst nicht ganz kennen; Sie wissen es selbst nicht, wie reich und gütig Sie der Himmel ausgestattet hat. Aber mein Herz kennt Ihren Werth — ach! mehr als mit meiner Ruhe bestehen kann. Längst gehört es Ihnen. Werden Sie es nicht zurückstoßen? Können Sie mir das Ihrige geben? Können Sie, Theure, die dargebotene Hand annehmen, gern annehmen? An der Antwort auf diese Frage hängt mein Glück. Ich kann Ihnen zwar jetzt nicht Reichthum, nicht Glanz anbieten. Doch Ihnen, Gute — ich kann mich in Ihrer schönen Seele nicht geirrt haben — sind ja Reichthum und Glanz eben so gleichgültig wie mir. Aber ich habe mehr als ich für mich allein brauche, genug, um zweien genügsamen Menschen ein sorgenfreies anständiges Leben zu bereiten, meiner Aussichten in die Zukunft gar nicht einmal zu gedenken. Das Beste, was ich Ihnen anbieten kann, ist ein treues Herz voll der innigsten Liebe für Sie.

Prüfen Sie, geliebte Freundin, Sich selbst, ob dies Herz Ihnen ganz genügt, ob Sie seine Empfindungen ebenso aufrichtig erwidern, ob Sie die Lebensreise, Hand in Hand mit mir, mit Wohlgefallen machen können, und entscheiden Sie bald.

Ich habe Ihnen, Beste, die Wünsche meines Herzens in kunstlosen aber aufrichtigen Worten vorgestellt. Ich hätte es so leicht in ganz anderen thun können. Ich könnte Ihnen ein Gemälde von Ihren Reizen machen, das Sie, wenn es weiter nichts als Wahrheit war, als Schmeichelei würden aufgenommen haben; mit brennenden Farben könnte ich Ihnen ein Bild von meiner Liebe machen — ich dürfte ja nur meiner Empfindnng das Reden erlauben — ein Gemälde von der Seligkeit oder Trostlosigkeit, die mich erwarten, je nachdem Sie meine Wünsche erhören oder verwerfen. Aber ich habe das nicht gewollt. Verkennen Sie daran wenigstens die Reinheit meiner nicht selbstsüchtigen Liebe nicht. Ich will Ihren Beschluß nicht bestechen. In der ernstesten Angelegenheit Ihres Lebens müssen Sie Sich durch gar keine fremden Rücksichten bestimmen lassen. Sie sollen nicht meinem Glücke ein Opfer bringen. Ihr eigenes Glück allein

muß Ihre Entscheidung leiten. Ja, Theuerste, so innig ich
Sie auch liebe, so kann doch Ihr Besitz nur dann mich glücklich machen, wenn Sie es mit mir zugleich sind.

Ich habe Ihnen, Geliebte, das Innere meines Herzens
aufgedeckt: sehnsuchtsvoll harre ich Ihrer Entscheidung entgegen.
   Braunschweig, den 12. Julius 1804.
      Von ganzem Herzen
         der Ihrige
           C. F. Gauß.'

Drei Monat indessen vergingen dann noch, ehe er sich
erhört sah. Nicht daß Johanne Ihres Gefühls für ihn noch
ungewiß gewesen wäre. Sie selbst war ihm längst ebenfalls
herzlich gut; aber die ernste Hoheit seines Wesens, der Nim-
bus des Ruhmes der ihn umgab, alles das hatte ihre eigenen
demüthigen Wünsche bisher niedergehalten. Und neuerdings
war ihr allerlei zu Ohren gekommen was ihr vollends den
Zweifel erregen mußte, ob sie berechtigt sei nach dem Glücke
zu greifen das jetzt ihr wider Verhoffen geboten wurde. Die
geschäftige Fama bezeichnete eine andere von den Töchtern des
Landes, ein wohlgebildetes junges Frauenzimmer von großem Vermögen, als für Gauß bestimmt. Nicht etwa von
Zimmermann oder einem der Anderen die vielleicht ein ge-
wisses Anrecht auf ihn hätten geltend machen dürfen; die
Urheber des Planes, wenn solcher allen Ernstes bestand, gehörten zu den gutherzigen Leuten die, ohne sonstigen Beruf
dazu, Heirathen zu stiften immer frisch bei der Hand sind,
sobald eine Tochter oder ein Mündel zu beglücken und ein
Jüngling vorhanden ist den sie ihr gönnen möchten.

 Gauß selbst jedenfalls wandelte wunsch- und ahnungs-
los am Rande dieser ihm aufgethanen Rosenflur. Allein
in den trüben Tagen da er über den wahren Grund

der Bedenken seiner Erkorenen in Ungewißheit schwebte, beschlich ihn selbst ein Skrupel anderer Art. In seiner Umgebung verbreitete sich das Gerücht, Bonaparte gehe damit um die südlichen Theile des Hannöver'schen sammt Göttingen an den Kurfürsten von Hessen zu verkaufen. Kam ein solches Project zur Ausführung, so rückte für ihn die Möglichkeit einer Berufung nach Göttingen wieder in unabsehbare Ferne. Und in Braunschweig — das Nähere wird gleich zu berichten sein — hatten inzwischen die Dinge eine Wendung genommen die den Entschluß seine ganze Zukunft auf das Wohlwollen des Herzogs zu banen, stark in Frage stellen mußten. Bei dieser Unsicherheit seiner Aussichten gab es Momente in denen Gauß schwankte, ob er das Schicksal der Theuren unwiderruflich an das seinige ketten dürfe.

Aber nur einer Gelegenheit bedurfte es sich gegenseitig auszusprechen, dann war die Verständigung zwischen den beiden Liebesleuten ein Leichtes. Am 22. November 1804 sah Gauß sich am Ziele seines Sehnens. Das Schmälen der Enttäuschten, denen natürlich auch die Fürsorglichen beipflichteten welche bei keiner Brautwahl fehlen dürfen, verhallte tief unter der Sphäre des jungen Liebesglücks, aus der er drei Tage nach seiner Verlobung einem Freunde zurief: 'Das Leben steht wie ein ewiger Frühling mit neuen glänzenden Farben vor mir!'

Am 9. October 1805 führte Gauß seine Johanna heim. Sie hatten ihr Nest im Ritter'schen Hause bereitet, wo Gauß wahrscheinlich schon als Junggeselle gewohnt. Es war Nr. 1917, das Eckhans zur Linken am Ausgange des Steinweges, in welchem jetzt, dem neuen Theater gegenüber, die Leonhardt'sche Conditorei etablirt ist. Hier wurde am 21. August 1806 ihr erstes Kind geboren, ein Knabe, den Gauß am 24. zu St. Katharinen Piazzi zu Ehren auf den Namen Joseph taufen ließ.

Die Erinnerung an das stille Glück dieser Tage hat ihre lichten Fäden noch in die Abendschatten seines Lebens gewoben. Mit der vollen Unmittelbarkeit rein menschlichen Empfindens gab er sich ihm hin, in seinem Erstgeborenen ging auch ihm ganz das entzückende Wunder auf das jedem Vater eben sein Kind ist. Nach diesem Merkmal war er wahrlich unseres Geschlechts.

'Unser süßer Joseph', sein 'Josephus' ist das A und O der Briefe die Gauß im Sommer 1807 aus Bremen während seines zweiten mehrwöchentlichen Besuchs bei Olbers an Frau Johanna und sie wieder an ihn schreibt. 'Was macht Josephus? studirt er die Lehre vom Gleichgewicht und von der Bewegung noch fleißig?' fragt er. Und sie darauf: 'Du fragst mich, was der Joseph macht? Das kann ich wahrlich nicht alles bezeichnen. Soviel ist gewiß, es ist der wildeste, ausgelassenste Bube den ich kenne. Er ist so wirrlich wie ein Eichhörnchen, will immer zur Erde so lange er auf dem Schooße oder Arme ist; kaum aber haben die quecksilbernen Füße dieselbe berührt, so ist auch die Lust verschwunden, um in derselben Minute den Spaß von vorn anzufangen . . . Freilich rückt er in seinem Studium weiter.' Der kleine Wilhelm des Dr. Fock in Bremen, läßt Gauß einfließen, hat schon mit zehn Monat ganz sicher gelaufen. 'Küsse den kleinen Wilhelm in meinem Namen', geht die Weisung zurück; 'ich hoffe, der Joseph soll nicht weit hinter ihm bleiben — weiter sage ich nichts!' Und ein ander Mal heißt es: 'Jedermann freut sich über ihn, Keiner will glauben, daß das zarte feine Gesicht einem Knaben gehöre'. Nichts holdseliger als Frau Johannens ausführlicher Bericht über die ehrenfeste Haltung mit der der junge Herr die erste große Entsagung übersteht, welche sein Erdenloos in dem reifen Alter seiner elf Monat von ihm fordert. . . .

'Als er eilig weggenommen wurde, wollte sich sein Gesicht zuerst zum Weinen verziehen; doch besann er sich eines Bessern und lächelte. Ich denke, unglücklich wird er nie werden'.

Sein Joseph wurde Gauß aus dem frühen Schiffbruch dieses Glückes gerettet. Joseph blieb auch sein geliebtestes Kind. Als Oberbaurath hat er nachmals den Bau der Hannoverschen Staatsbahnen geleitet, zu Hannover die letzten Jahre seines Lebens gewohnt, bis er 1873 dem Vater in die Ewigkeit nachfolgte. —

Doch, ein Schatten fiel in dieses sonnige Glück. Er ging aus von der Unklarheit der Lage in die Gauß sich versetzt sah. Nicht daß er wegen seines äußern Loofes hätte sorgen dürfen, oder daß er der dummdreisten Kläffer geachtet, welche ihm seine Ausnahmestellung um so weniger verziehen, je deutlicher sie inne wurden, wie hoch von Natur und von Gottes Gnaden er über ihnen stand. Aber in sich selbst barg diese Ausnahmestellung einen Stachel. Höher als die sorgenfreie Muße die der Herzog ihm zur Entschädigung für die Petersburger Anträge gewährte, hatte er die Aussicht angeschlagen demnächst in ein wirkliches Amt einzutreten, in ein Amt zumal im Dienste seiner Lieblingswissenschaft. Und grade diese Aussicht hatte sich inzwischen gar sehr getrübt.

* * *

X.

Wir hörten, wie Gauß zu Anfang des Jahres 1803 hoffen durfte um Johannis Herrn v. Zach nach Braunschweig kommen und mit seinem Beirath dann die Verwirklichung des Sternwartenprojectes bestens eingeleitet zu sehen, hierauf aber selber mit ihm für einige Zeit nach Gotha gehen und sich auf seinen künftigen Beruf praktisch vorbereiten zu können.

Dieser Plan gelangte erst etwas später und in anderer Folge zur Ausführung. Am 26. August traf Gauß mit Zach auf dem Brocken wieder zusammen, wo Zach sich damals vierzehn Tage aufhielt, um Pulversignale zu geben; von dort begleitete er ihn in den ersten Septembertagen nach Gotha. Nachdem er drei Monate lang Gast der Seeberger Sternwarte gewesen, kam Zach mit ihm — sie reisten von Gotha am 7. December ab — nach Braunschweig, wo er dann zehn Tage verweilte.

Er ließ Gauß in der besten Hoffnung auf den Fortgang ihres Unternehmens zurück. 'Wir haben hier', berichtete dieser am 18. December an Olbers, 'einen vortrefflichen Platz zu einer Sternwarte ausgefunden. Ein massives Ge-

bäude, das ehedem zum Pulvermagazin gebraucht ist und
gegenwärtig gar nicht benutzt wird, ist ganz dazu geeignet,
in einen Tempel der Urania verwandelt zu werden. Das
beinahe plane und bombenfeste massive Dach wird von drei
ungeheuren steinernen Säulen getragen, worauf ein Passage-
instrument und Kreis ein herrliches Fundament finden können. v. Zach wird uns bald einen detaillirten Plan zur Einrichtung der Sternwarte entwerfen, und ich hoffe bei dem
warmen Interesse das er an dieser Arbeit nimmt, und bei
der Denkungsart unseres Fürsten, daß alle Schwierigkeiten
überwunden werden und mir endlich eine klare Aussicht in
meinen zukünftigen Wirkungskreis geöffnet werden soll.'

Leider sollten diese Hoffnungen sich nur zu bald als trü-
gerische herausstellen. Wider alles Erwarten ließ es zunächst
Herr v. Zach an sich fehlen: daß ihn Jemand gegen den
Ernst der Absichten des Herzogs mißtrauisch gemacht hatte,
erfuhr Zimmermann bei einer Anwesenheit in Gotha. Der
Herzog zeigte sich hierüber sehr unzufrieden: 'das könne',
bemerkte er auf Zimmermanns Mittheilung, 'Niemand anders als * gewesen sein, der aus dépit über seine hier nicht
gelungenen Projecte angestellt zu werden, sich unberufen ein-
gemischt habe.' Falls auf Zach nicht mehr zu rechnen wäre
— dienliche Erkundigungen bei dem Staatsminister v. Lin-
denau in Gotha sollte Zimmermann einziehen — wollte er
mit dem Bau einen Göttinger Architekten beauftragen, der
sich schon angeboten hatte. Er hoffte, dieser werde im Stande
sein die Dispositionen etwa nach dem Göttinger Observa-
torium zu machen, wogegen Zimmermann dann allerdings
einwenden mußte, daß solcher Bau doch nur von einem erfah-
renen Astronomen angeordnet werden könnte, die Göttinger
Sternwarte auch dem dermaligen Stande der Wissenschaft
nicht mehr entspreche.

Gauß selbst gab sich über den muthmaßlichen Ausgang seiner Täuschung mehr hin, als er am 21. December 1804 Olbers von diesen Dingen in Kenntniß setzte. 'Durch den anscheinenden Ernst bei dem Bau unseres Observatoriums lassen Sie sich übrigens nicht irre machen', heißt es in seinem Briefe. 'Von den wahren Bedürfnissen eines solchen hat der Herzog doch keinen klaren Begriff, und eine genauere Bekanntschaft damit, wenn es ihm wirklich Ehre machen soll, möchte ihn doch wohl zurückschrecken.' Auf diese Resignation hatte er seine Erwartungen bereits herabgestimmt.

Begreiflich, daß bei solcher Unklarheit seiner Aussichten in Braunschweig die auf Göttingen mehr und mehr doch in den Vordergrund seiner Lebenspläne rückten. Ganz abgesehen von allen äußerlichen Vortheilen — waren nicht schon die reicheren wissenschaftlichen Hilfsmittel und der größere Wirkungskreis welche dort sich boten, Momente genug die schwer in die Wagschale fallen mußten? Und war es wirklich eine Verleugnung seiner dankbaren Anhänglichkeit an den Herzog, wenn er den sich aufdrängenden verständigen Erwägungen Raum gab? 'Am Ende', so reflectirte er, und sicherlich mit vollem Recht, in dem erwähnten Schreiben an Olbers, 'am Ende kann es ja auch dem Herzoge einerlei sein, wo ich mich nützlich zu werden bemühe, da meine Beschäftigungen doch in keiner Verbindung mit dem Wohl des Landes stehen, und der Nutzen derselben ohne Rücksicht auf den Ort immer Dem wird zugerechnet werden müssen, der so viel für mich gethan hat.'

Die Verhandlungen mit Göttingen ruhten inzwischen denn auch nicht. Gauß selbst zwar hielt sich nach wie vor im Hintergrunde; aber bei Olbers, der sie betrieb, war seine Sache in guten Händen. Auf alle Fälle hatte er gegen diesen seine Wünsche und Ansprüche in einem Schreiben vom 21. August 1804 formulirt. 'Ich habe hier', schrieb er, 'bei völlig freier ungenirter Benutzung meiner Zeit 600 Thlr. Gehalt, Feuerung und das Versprechen einer anständigen Wohnung in natura, wofür ich bis dahin eine Vergütung erhalte. Ein Antrag, dessen Bedingungen diese Vortheile nicht ansehnlich überwögen, würde wahrscheinlich das Anerbieten einer neuen Zulage und das Versprechen der Errichtung einer Sternwarte zur Folge haben, welchem ich mich dann nicht wol entziehen könnte. In Petersburg sind mir bei Pflichten, die ganz meinen Neigungen angemessen sind, 2400 Rubel Gehalt (nach dem jetzigen Curs nahe an 2000 Thlr.), freie Wohnung in natura, Holz, ansehnliches Witwengehalt und nach einer Anzahl Dienstjahre halbe und ganze Pension zu Gebote gestellt. Unter diesen Umständen müßte ich doch also wol in Göttingen außer der freien Wohnung auf 1000—1200 Thlr. Gehalt rechnen dürfen. Ich glaube, daß wir in Ansehung dieses Punktes uns wohl vereinigen würden, da Habsucht nie mein Fehler gewesen ist und ich für mich wenig persönliche Bedürfnisse habe'. Noch etwas weiter ließ er sich am 21. December heraus. 'Die Vortheile die Göttingen mir bieten kann, der Reichthum an literarischen Hilfsmitteln ꝛc. überwiegen auch bei weitem was ich je hier erwarten kann, und ich verspreche mir davon die größte Wirkung. Vielleicht wäre es also wol gut, wenn man in einem ostensiblen Antrage mich gleichsam erst recht aufmerksam machte, besonders auf die Puncte die meine dortige Lage von der hiesigen unterscheiden würden, z. B. das damit verbundene Witwengehalt, den größern nützlichen Wirkungskreis, die Sicherheit der Lage, die unabhängig von Leben und Tod von Menschen, mir ein Etablissement auf Lebenszeit darböte (grade der delicateste Punct, den ich lieber von anderen ansgedrückt sähe) u. s. w.'

Diese Verhandlungen in all ihren Phasen zu verfolgen, ist hier nicht der Ort. Genug daß sie, so lange Herzog Karl Wilhelm Ferdinand lebte, zu keinem Abschluß gediehen, und daß Gauß' pietätvolles Schwanken nicht am wenigsten beitrug sie dergestalt hinauszuziehen. Und einiges geschah in der That was ihm wenigstens den guten Willen des Herzogs von neuem verbürgen konnte. War es auch nicht gerade dazu angethan seine Hoffnung auf eine gedeihliche Wirksamkeit in Braunschweig sonderlich zu beleben, — wie er dachte und fühlte, mußte es ihm die Lösung seines Verhältnisses zum Herzoge immerhin doch beträchtlich erschweren.

Zu Anfang des Jahres 1804 ließ ihm der Astronom Harding, derzeit noch zu Lilienthal bei Bremen, die Nachricht zugehen, daß auf der dortigen Sternwarte für den Preis von 30 Pistolen ein zehnfüßiger Teleskopspiegel zum Verkauf stehe, dessen Vortrefflichkeit sehr gerühmt wurde. Der Herzog hörte davon und gab Befehl dieses Instrument für die intendirte Sternwarte anzukaufen. Ende Aprils kam es in Braunschweig an, und alsbald wurde Gauß auch ermächtigt die Montirung zu besorgen. Er gab die optischen Requisite — den Aufsucher, die Augengläser nebst Fassung, die Ocularmaschine — bei Schröder in Gotha, die Röhre, das Stativ und das übrige zur Handhabung des Instruments erforderliche Maschinenwerk bei Rudloff zu Wolfenbüttel in Bestellung.

Allein grade dieser erste Schritt zur Erfüllung seiner sehnlichsten Wünsche zog eine Kette von Verdrießlichkeiten und Enttäuschungen nach sich, die ihm noch die letzten Stunden seines Aufenthaltes in Braunschweig verbittern sollte. Zunächst stellten beide Mechaniker seine Geduld auf eine harte Probe: Schröder lieferte erst im August des nächsten Jahres, Rudloff abermals beinahe ein Jahr später. Allerdings schien ihre Arbeit dann, anfangs wenigstens, zur Zufriedenheit ausgefallen; die Forderung Rudloffs aber auch übermäßig hoch: 750 Thlr. Und kaum hatte die Munificenz des Herzogs ihn dieserhalb außer Sorgen gesetzt, so kam ein noch schwererer Schreck über ihn. Das Instrument versagte die gehoffte bedeutende Wirkung, nach vielen mühseligen und vergeblichen Versuchen konnte Gauß sich schließlich der Ueberzeugung nicht entziehen, daß der Spiegel in seiner dermaligen Beschaffenheit das nicht leistete was er sollte, und daß er, um brauchbar zu werden, nothwendig erst noch einmal durch die Hände des Mechanikus gehen mußte.

Das war kurz vor der Katastrophe die nicht nur die Möglichkeit verschüttete fernerhin noch Geldmittel für dergleichen zu erlangen, die zugleich auch jede Aussicht abschnitt, daß das Instrument in nächster Zeit an den rechten Platz kommen und seinen Zwecken dienen würde. Gauß zog daher vor die Angelegenheit vor der Hand ganz ruhen zu lassen. Erst als im September 1807 Harding, nunmehr Professor in Göttingen, zum Besuche nach Braunschweig kam, wurde durch diesen die Ursache der damaligen Unvollkommenheit des Spiegels ermittelt. Wie Gauß in einem Berichte vom 11. October sagt, lag sie darin, 'daß der Spiegel sich verzogen hatte, und zwar in Folge einer Einrichtung, deren Schädlichkeit der Verfertiger vor drei Jahren noch nicht in dem Grade kannte; daher derselbe', fügt er hinzu, 'auch als ganz unschuldig angesehen werden muß, sowie die Versicherung von Männern wie Schröter und Harding keinen Zweifel lassen, daß der Spiegel anfangs so vortrefflich wirklich war als sie rühmten.'

Nehmen wir aus seinem Berichte gleich hier auch vorweg, welchen Ausgang die Sache nahm. 'Da Professor Harding gerade von hier nach Lilienthal reisete, so glaubte ich, daß nie eine erwünschtere Gelegenheit kommen könnte, damit der Künstler unter Hrn. Hardings Augen den Fehler redressirte und ich so in den Stand gesetzt würde, bei meiner Abreise von hier ein vollkommenes Instrument abzuliefern. Ich trug also um so weniger Bedenken, in diesem Zeitpuncte den Spiegel nach Lilienthal zum Umschleifen zu schicken, da Herr Professor Harding glaubte, der Künstler werde diese Arbeit Ehren halber übernehmen. Vor ein paar Tagen habe ich nun durch einen Brief des Herrn Professor Harding die angenehme Nachricht erhalten, daß es dem Künstler vollkommen gelungen ist, dem Spiegel seine ursprüngliche Vollkommenheit wiederzugeben. Man hat auf der berühmten Lilienthaler Sternwarte Proben damit angestellt die zu beweisen scheinen, daß jetzt das Instrument von einer Vollkommenheit sein wird, daß wenige in Deutschland ihm gleichkommen. Ein solches Instrument würde die erste Sternwarte zieren. Da der Künstler nun auch die oben erwähnte fehlerhafte Einrichtung, durch Schaden belehrt, nicht wieder anbringen wird, so wird eine neue Krümmung des Spiegels nicht zu besorgen seyn. In ein paar Wochen wird der Spiegel wieder hier seyn, vielleicht auch schon in wenigen Tagen."

Sehr vernehmlich klingt in diesen Worten das Bestreben durch, den Kauf des Teleskopspiegels zu rechtfertigen. Und gewiß, Anlaß dazu lag in genügendem Maße vor. Nicht nur Gauß' eigene Reputation, auch das Andenken seines fürstlichen Wohlthäters war in Gefahr einen Makel zu erleiden, wenn dem Vertrauen mit dem der Herzog ihn in dieser Angelegenheit hatte gewähren lassen, der Erfolg nicht entsprach.

Wie war doch die Lage seit einem Jahre von Grund aus verwandelt! Keiner von beiden hatte geahnt, daß es ihre letzte persönliche Begegnung sein sollte, als an einem der Maitage des Jahres 1806 Gauß dem Herzoge für jenes fürstliche Geburtstagsangebinde seinen Dank abstattete. Nur natürlich, daß in der Gewitterschwüle des politischen Horizontes der nächsten Monate Interessen wie die welche sie verbanden, beim Herzoge darniederlagen. Am 10. September reiste er zur Armee ab, um den Waffengang anzutreten aus welchem er nach fünf Wochen zum Tode verwundet in das Haus seiner Väter zurückgetragen wurde. Mit unaussprechlicher Wehmuth schaute Gauß vom Fenster seiner Wohnung aus zu, wie am Nachmittage des 25. October gegenüber das Thor des Schloßgartens sich öffnete und langsam wie ein Leichenzug der zweispännige Wagen auf welchen der sterbende Fürst gebettet war, in feierlicher Stille geleitet von Tausenden, seinen Weg nach dem Wendenthore nahm, der fernen Zufluchtsstätte entgegen an der er in Freiheit wenigstens sterben konnte.

Es folgte der gänzliche Umsturz aller bestehenden Verhältnisse, bald genug mußte Gauß gewahr werden, daß auch ihm, und ihm noch eher als den meisten Anderen, der Boden unter den Füßen wich. Kein Rechtstitel mehr, selbst der bestbegründete und willigst anerkannte nicht, war in der furchtbaren Noth die über das Land mit der französischen Occupation hereinbrach, auch nur von heute auf morgen seines Bestandes sicher: was durfte er von dem seinigen erwarten, er der Entbehrliche, der müssige Pensionär, der vielbeneidete Günstling eines nun gestürzten Fürsten? Von jeher waren es nur Wenige die etwas anderes in ihm sahen, und nur Wenige waren unter den Uebrigen denen in dem gemeinsamen Unglück die Zeit fehlte und die Stimmung verging ihrer kleinen Mißgunst nachzuhangen. Bisher durch naheliegende Rücksichten gedämpft, durfte ihre hämische Nachrede sich jetzt laut und breit hervormachen. Wäre die

Stellung welche Karl Wilhelm Ferdinand ihm angewiesen hatte, nicht so schon unhaltbar, wäre für seinen eigenen Entschluß nicht schon das gänzliche Schwinden der Aussicht hinreichend gewesen von deren Erfüllung er die dauernde Bindung an die Heimath immer abhängig gemacht — sein Ehrgefühl würde nicht gelitten haben, daß er sich an diesem Platze zu behaupten suchte.

Man begreift, wie peinlich unter solchen Verhältnissen jenes Mißgeschick auf ihm lasten mußte das ihm an dem Lilienthaler Teleskopspiegel widerfahren war. Doch er am allerwenigsten brauchte sorgenvoll nach einem neuen Loose auszuschauen. Wenn er in diesen Tagen mit einiger Spannung in die nächste Zukunft blickte, so geschah es, weil zwei Aussichten sich ihm darboten und seine Wahl her und hin noch schwankte.

In den ersten Tagen des Jahres 1807 erneuerte Petersburg seine früheren Anträge; nur um so nachdrücklicher aber setzte seitdem auch Olbers alle Hebel an, um annehmbare und bindende Vorschläge von Göttingen her zu veranlassen. Sie erfolgten im Frühsommer, kurze Zeit ehe Gauß seine zweite Reise nach Bremen antrat. Unentschlossen kam er dort am 26. Juni an, und noch am 1. Juli schrieb er an seine Frau: 'Nach Petersburg zu schreiben, will ich immer noch ein Weilchen aufschieben.' Sein Hauptskrupel war, ob unter den obwaltenden Umständen — Hannover war in Folge der Invasion ohne Landesherrn — eine von der derzeitigen Regierung vorgenommene Anstellung die nöthige Sicherheit gewähren könnte. Aber Olbers und Schröter glaubten ihn dieserhalb völlig beruhigen zu dürfen, und ersterer namentlich redete eifrigst zu Gunsten Göttingens.

In einem Briefe vom 5. Juli ließ Gauß sich vernehmen: 'Es ist ein sehr glücklicher Umstand, daß diejenige Person die jetzt in Hannover in der Regierung wenigstens in Sachen der Universität den meisten Einfluß hat, mit Heyne verschwägert ist. Ich habe also geglaubt, um so mehr in diesen Plan (der ja auch nicht auf ewig bindet) jetzt ungesäumt entriren zu müssen, da der ehrwürdige Heyne schon weit in die 70 ist und schon einmal einen Anfall von Schlagfluß gehabt hat. Der Himmel wende alles zum besten!"

Seine Rückreise von Bremen, die er am 15. Juli antrat, nahm er über Hannover, um mit jener einflußreichen Person, Brandes, dem frühern Curator der Universität, Rücksprache zu nehmen. Als er in Braunschweig zwei Tage später wieder eintraf, war er designirter Director der neuen Sternwarte in Göttingen. Da er sich für das Wintersemester auf Vorlesungen doch noch nicht einlassen zu können glaubte, hätte er seine Uebersiedelung am liebsten erst um Neujahr bewerkstelligt. Sie fand indessen einige Monat früher, schon im November statt.

In die Unruhe dieser letzten Braunschweiger Tage drängte sich noch einmal die Sorge um das Lilienthaler Teleskop ein.

Am Collegium Carolinum hielt seit einiger Zeit Dr. Aug. Heinr. Christ. Gelpke, Subconrector des Martineums, astronomische Vorlesungen. Ein komischer Herr: wenn in späteren Jahren seine Zuhörer ihm unermüdlich die Neckfrage nach den drei größten Astronomen vorlegten, nannte er Keppler und Laplace; den dritten namhaft zu machen verbot ihm seine Bescheidenheit. Dieser Mann war es der sich am 10. October 1807 an ein Mitglied der interimistischen Landesregierung, Geh.-R. v. Wolffradt, mit der Bitte wandte, ihm zum Besten jener seiner Vorlesungen das zehnfüßige Newtonsche Teleskop zukommen zu lassen 'welches der Doctor Gauß nur als ein von Sr. Durchlaucht dem verstorbenen Herzoge geliehenes Gut besitzt, wie ich gehört habe, und der in diesen Tagen von hier nach Göttingen abreiset'... 'Ich werde mich bemühen, in dem Besitze dieses Werkzeuges [mich] der Anstalt immer nützlicher und dadurch der Gunst und Gewogenheit Ew. Exellenz immer würdiger zu machen.'

Noch an demselben Tage erging an Gauß cito das Rescript: 'Da das dem Dr. Gauß anvertraute große Spiegelteleskop zu den astronomischen Vorlesungen auf dem Collegio Carolino gebraucht werden soll, so hat der Dr. Gauß solches an Denjenigen abzuliefern, welcher ihm dazu vom Concilio Collegii Carolini angewiesen werden wird.' Gleichzeitig wurde das Concilium beauftragt das Erforderliche anzuordnen und für die schickliche und sichere Aufstellung des Instrumentes Sorge zu tragen.

Diesem Befehle Folge zu leisten erklärte Gauß sich unverzüglich bereit, jedoch nicht ohne Remonstration gegen die beabsichtigte Verwendung des Instrumentes. 'Ich würde glauben, meinen Pflichten sowohl gegen mein mir ewig theures Vaterland als gegen die Wissenschaften zuwider zu handeln, wenn ich unterließe, Ew. Excellenz unterthänigst auf einige Umstände aufmerksam zu machen, die dem hohen Ministerium nicht bekannt sein konnten und sonst vielleicht dessen Absichten wegen des künftigen Gebrauches jenes Instrumentes modificirt haben würden, um so mehr, da ich persönlich dabei gar nicht interessirt bin.' Nach Darlegung des Sachverhalts, wie er hier schon vorhin mitgetheilt ist, fährt er fort: 'Ew. Exc. sehen hieraus, daß ich in diesem Augenblick zur Ablieferung des Instruments noch nicht im Stande bin: ich gebe indeß die Versicherung, daß es vor meiner Abreise auf alle Fälle geschehen kann und soll. Meine Idee ging dahin, daß ein so prachtvolles, seltenes und für den ersten Unterricht unwissender Anfänger viel zu herrliches Instrument, dessen gleichen in ganz Deutschland wohl nur in Lilienthal sein mögte, der Universität Helmstedt geschenkt werden mögte, wo es bei dem rühmlichst bekannten Hofrath Pfaff in würdige Hände kommen und bei vorfallenden Gelegenheiten auch zum Besten der Wissenschaft selbst gebraucht werden könnte. Wie viel bei einem so kostbaren Instrument auf eine schonende vorsichtige Behandlung ankomme, brauche ich nicht zu erwähnen. — Ich habe es für meine Pflicht gehalten, Ew. Exc. auf den hohen Werth, den dieses Werkzeug nun hoffentlich erhalten haben wird, aufmerksam zu machen, ich würde mir Vorwürfe machen, wenn ich durch Stillschweigen gewissermaßen Schuld wäre, daß es nicht so gebraucht würde wie es sollte und wie das wissenschaftliche Publikum, das die Existenz eines solchen Instrumentes kennt, erwartet. Uebrigens aber unterwerfe ich die ganze Angelegenheit dem weisen Ermessen eines hohen Ministerii, und werde das Instrument Demjenigen gewissenhaft extradiren, der dazu sich legitimiren wird. Sollten Ew. Exc. noch mündliche Verabredung darüber treffen wollen, so bin ich gern zu Befehl.'

Es scheint nicht, daß dieser Fall eingetreten ist; Gauß' Bericht verwies Wolffradt ad acta. So wird denn Gauß wohl nicht mit der Beruhigung von Braunschweig geschieden sein, der Wissenschaft und seinem Vaterlande den Dienst erwiesen zu haben der ihm zuletzt noch am Herzen gelegen hatte.

* * *

XI.

Am 21. November 1807 traf Gauß mit den Seinen in Göttingen ein.

'Wir sind hier alle gesund und wohl angekommen', berichtete am 6. December Frau Johanna Gauß nach Braunschweig. 'Auf der Reise zwar war es gar erbärmlich um mich bestellt, indem ich grade so viel Stunden übel war als die Reise dauerte; sobald ich ausstieg, war ich munter wie ein Fisch. Unsere Sachen waren durch die Güte des Prof. Harding schon alle ausgepackt, sodaß bei unserer Ankunft, etwa um 3 Uhr Nachmittags, eine warme Stube und eine Tasse Thee uns empfing. Dem ohngeachtet ist eine solche Reise mit Sack und Pack das Fürchterlichste und Langweiligste so man sich denken kann. Ich glaubte wunder was das Einpacken für ein Umstand sey, aber da bin ich schön angekommen: ich wünschte Spaßes halber, Du hättest diesen Chaos gesehen; die ersten fünf Tage war des Heues und Strohs kein Ende. Nun endlich bin ich in Ordnung. Mit unserer Wohnung sind wir nichts weniger als zufrieden, es ist Alles vereinigt, um sie eine schlechte zu nennen — unser Wohnzimmer ist noch das leidlichste. Kleine schmutzige Säle, eine räucherige, zugige Küche, alte phlegmatische Wirthsleute: dies sind so ungefähr einige Meriten und nicht geschickt, mir den Aufenthalt hier angenehm zu machen. In den ersten acht Tagen habe ich außer Harding keinen Menschen gesehen, weil es uns unmöglich war, früher als den Freytag Visiten zu fahren, wo wir im Zeitraum einer Stunde 50 bis 60 verschiedene Familien besuchten, freylich ohne Jemand gehört oder gesehen zu haben. O der lächerlichen Menschen! Seit heute acht Tage haben wir nun angefangen, trotz des schlechten Wetters täglich eine oder zwei Part auf eine vernünftigere Art, mit Leib und Seele, zu besuchen. Wir werden allenthalben sehr artig, ja von Mehreren sehr freundschaftlich aufgenommen (im Vertrauen, Gauß scheint mir hier in ungeheurem Respect zu stehen), auch haben wir nun täglich Besuche von allen den verschiedenen Menschen, worunter mancher sehr interessant ist. In großen Gesellschaften bin ich noch nicht gewesen, doch scheinen mir die Menschen hier sehr zutraulich zu seyn; nähere Bekanntschaft habe ich noch mit Niemand machen können. Werde ich jemals wiederfinden was ich verloren habe? werde ich unter allen diesen Frauen eine Freundin wie ich sie mir wünsche, finden? Diese Fragen — ich mag sie nicht oft mir wiederholen — machen mich sehr traurig, da ich sie nur verneinen kann.'

Soviel aus dem ersten einer Reihe von Briefen die Frau Johanna im Lauf der nächsten drei Jahre an zwei geliebte Jugendfreundinnen in Braunschweig, die Schwestern Frau Dorette Köppe und Frau Betty Schneider, gerichtet hat. Sie gewähren einen vollen Einblick in die Freuden und Sorgen dieser ersten Göttinger Tage unseres großen Landsmanns; sie sind kostbare Zeugnisse des ungetrübten häuslichen Glückes, das in dem oft recht harten Drange der 'tollen Zeiten' welche das neue Königreich Westphalen auch über die Ange-

hörigen der Georgia Augusta hereinführte, der unversiegliche
Jungbrunnen seines Lebensmuthes, seiner Schaffensfreude,
seines guten Humors war. Und vor allem zeigen sie, welchen Schatz von Seelenstärke und Gefühlsinnigkeit, von klu-
gem Ernst und heiterer Hingabe an die stillen Reize eines
engumfriedeten Daseins er in diesem einfachen Bürgerkinde
unserer Stadt gewonnen hatte.

In der ganzen Fülle seiner Einzelzüge ausgeführt, würde
dieses traute Bild über den Rahmen der gegenwärtigen Aufgabe hinauswachsen. Aber noch Eins fordert hier seine
Stelle: die treue Anhänglichkeit welche Johanne Gauß der
alten Heimath bewahrte. Nicht daß die neue Umgebung sie
abstieß: 'gewiß, es ist hier ein guter Schlag Menschen', muß
sie gelegentlich bekennen. Und dennoch: 'wenn Du wüßtest,
mit welcher Sehnsucht ich die Gegend wo mein geliebtes
Braunschweig liegt, betrachte, wie ich jede Nachricht von dort
begierig verschlinge. Es ist noch immer meine geliebte Vaterstadt. Hier bin ich in der Fremde trotz der vielen Bekannt-
schaften welche ich gemacht habe, und werde es bleiben, bis
mir der Himmel eine Freundin im vollen Sinne des Wortes
schenkt. Doch zweifle ich fast daran.' Jeder Braunschweiger
der ihr begegnet, Menschen von denen sie sich sagen muß,
daß sie ihr in Braunschweig völlig gleichgültig geblieben
wären, jetzt gewinnen alle ihr das lebhafteste Interesse ab.
Welche Freude, als sie darunter einen entfernten Vetter an-
trifft, der ihr nun Tag um Tag die 'Braunschweigschen An-
zeigen' mittheilt. So, in mannigfaltigster Abwandlung, kehrt
in jedem Briefe das Bekenntniß wieder, daß Braunschweig
das Ziel ihrer sehnsüchtigen Gedanken ist.

Und nicht anders auch Gauß. Wieviel unholde Erinnerungen ans den Anfängen und vom Ende dieses seines ersten
Lebensabschnittes in ihm haften mögen, wie hoch ihn sein

Lauf nun darüber hinausgeführt hat, wie viel reichere Gaben sein jetziges Loos ihm bietet: nie, so oft er auf Braunschweig zu sprechen kommt, entschlüpft ihm ein Laut der Klage oder des Vorwurfs über das Vergangene; in frommer Scheu ehrt er die natürlichen Bande die ihn mit der Stätte seiner Geburt verknüpfen, fort und fort mit regster Theilnahme verfolgt er alles was sie betrifft, und das Herz geht ihm auf, wenn er der 'vielen herzlich guten Menschen' gedenkt 'die auch an seinem Glücke warmen Antheil nehmen'.

Nicht den letzten Platz behaupteten in seinem Andenken die Männer eben jener Freundinnen seiner Frau. Beide waren Kaufleute und nahe Nachbaren: Köppe wohnte am Neuen Petrithor Nr. 1109 (jetzt Nr. 6), Schneider ihm gegenüber am Radeklinte Nr. 934 (Nr. 9). War es zunächst die Freundschaft der drei Frauen was Gauß ihnen näher gebracht hatte, so schloß der Stand ihrer Bildung sie doch auch von einem gewissen geistigen Rapporte mit ihm nicht aus: beide waren unter anderm astronomischen Liebhabereien ergeben. Langehin noch, wenn auch nicht ohne langwierige Unterbrechungen, hat Gauß mit ihnen in freundschaftlichem Briefwechsel gestanden. 'Wie geht es denn jetzt in der guten Stadt Braunschweig?' fragt er Köppe in dem ersten seiner Briefe am 28. August 1808. 'Wohl nicht alle seit meiner Entfernung getroffenen Veränderungen werden Gewinn gewesen seyn. Die Conscription, die Nahrungslosigkeit, die Entfernung so vieler Personen, die Ueberschwemmung, alles dieses und manches andere geben wol zu Klagen Anlaß. Immer aber höre ich gern, wie es dort geht, besonders wenn zuweilen etwas erfreulicheres die Schattenseite erhellet..... Wann werden wir uns einmal wieder sehen? Könnten Sie und Schneider uns nicht noch einmal in diesem schönen Nachsommer besuchen? oder mit Ihrer lieben Frau?

Wie wäre es, wenn wir uns etwa in künftigem Frühjahr einmal auf dem Brocken ein Rendez-vous gäben? . . . . Vergessen Sie nicht, darauf zu denken, daß wir doch wenigstens alle Jahr einige so vergnügte Tage mit einander zubringen wie z. B. vor vier Jahren beim Entenschmauß auf dem Grünen Jäger.'

Dergleichen Ergüsse wiederholen sich häufig auch in Gauß' Briefen. Allein wenn je ein Vaterhaus seine Ansprüche auf einen in's Leben hinaustretenden Sohn mußte erlöschen sehen, so war in diesem Falle jetzt Braunschweig. Mit dem höchsten Leben seines Geistes, mit dem bleibenden Theile seines Wesens gehörte Gauß fortan nicht mehr der Heimath sondern der Welt. Und einer nach dem andern rissen und verschliffen dann im Lauf der Jahre auch die zarteren Fäden mit denen er an Braunschweig noch hing.

Am 6. April 1808 — er hatte vor acht Jahren sein Haus am Wendengraben verkauft und dafür ein kleineres, Nr. 56 an der Mühlenstraße bei St. Aegidien, an sich gebracht — wurde Vater Gauß von 'Brust- und Nervenfieber' befallen. Vom ersten Augenblick an täuschte er selbst sich über seinen Zustand nicht. Schon folgenden Tages ließ er seinen letzten Willen aufnehmen, nach welchem dereinst seine beiden Söhne ihn zu gleichen Theilen beerben, seine 'jetzige liebe Ehefrau' aber, mit der er 'eine vieljährige glückliche Ehe geführt', lebenslänglich Nutznießerin seines ganzen Vermögens bleiben und, falls seine Söhne auf sofortige Theilung beständen, ein Drittel seines Nachlasses eigenthümlich erhalten sollte. Einige Tage später bat er Mutter Osthoff, dem Professor zu schreiben, daß es mit ihm zu Ende gehe. In der zweiten Nacht seines Krankenlagers kam das große Wasser welches bei den Braunschweigern noch langehin in schreckhafter Erinnerung blieb; man mußte ihn in das Stübchen einer Mitbewohnerin seines Hauses hinaufschaffen, dort starb er am 14. April. Am zweiten Ostertage wurde er begraben.

Gauß hat ihn aufrichtig beweint; um so aufrichtiger, als es ihm nicht beschieden gewesen ein Sohn ganz nach dem Herzen dieses Vaters zu sein. Doch was war dieser Verlust gegen den tiefen Riß welchen sein Leben anderthalb Jahr später erleiden sollte.

Wenige Wochen vor seinem Abscheiden hatte der Großvater noch ein zweites Enkelkind begrüßen können. 'Vor allen Dingen', schrieb Gauß an seine Eltern am 29. Februar, 'muß ich Ihnen die erfreuliche Nachricht melden, daß meine liebe Frau heute Morgen um 6 Uhr von einem gesunden Mädchen glücklich entbunden ist. Das Mädchen ist zwar nicht so zart und hübsch wie der Joseph gleich Anfangs war, aber sehr wohlgestaltet und gesund und stark. Das Kamisölchen was Joseph bis zu einem halben Jahre trug, paßt ihm superbe, und die schönen Mützchen, die meine Frau für sie gestrickt hat und stricken lassen, sind alle zu klein. Der Himmel gebe sein weiteres Gedeihen. Das arme Kind ist zu bedauern, daß es grade am Schalttage die Welt erblickt und also nur alle 4 Jahr einen Geburtstag zu feiern hat.' Und vier Wochen später ließ sich Frau Johanna gegen Dorette Köppe also vernehmen: 'Ich glaube, wenn sie bey dem gesegneten Appetit bleibt, den sie bis jetzt gehabt hat, daß es eine dicke Trulle werden wird. Wie der Himmel will. Meinem Karl wird es freylich nicht recht seyn, der fürchtet dies ordentlich; er möchte lieber ein kleines zartes Püppchen haben. Allenfalls für einen Jungen, meint er, sey es hübsch so dick zu seyn, doch ein Mädchen müsse auch als Kind schon zart seyn. Er prophezeyt mir, daß es eben keine sonderliche Schönheit werden wird, das sehr leicht möglich ist. Denn soviel ist gewiß, obgleich meine Besuche es ein niedliches Kind nennen (wie dies ein Jeder bey jedem Kinde macht), so hübsch als Joseph war, ist sie nicht. Dessen ohngeachtet freue ich mich kindisch über das kleine Wesen, und würde auch, selbst wenn es häßlich wäre, es ebenso lieb haben.' Dann, am 23. November: . . . . . 'Könntest Du den kleinen freundlichen Engel sehen, Du würdest Dich freuen. Es lebt Alles an dem Mädchen, es hat ihr nie ein Finger geschmerzt.' Am 27. August 1809 aber: 'Minna wird ein niedliches einschmeichelndes Wesen; es hat sich bey dem Vater so eingenistet, daß der Junge nicht viel mehr voraus hat, welches nicht wenig sagen will.' — Minna Gauß, nachmals dem berühmten Orientalisten Professor Ewald vermählt, wurde den Jhrigen durch einen vorzeitigen Tod am 12. August 1840 entrissen.

Schon dies zweite Kindbett war ein überaus schweres gewesen. Drei Wochen lang hatte Frau Johanna zwischen Tod und Leben geschwebt, die Nachwirkungen nie recht verwunden. Mit geheimem Bangen sah sie daher im nächsten Jahre ihrer dritten Niederkunft entgegen. Am 10. September 1809 gab sie einem zweiten Sohne das Leben, am 11. October erlag sie.

Für Gauß ein Schlag von betäubender Schwere. Wie hatte er ihn doch gleichsam vorempfunden, als er am 30. December 1798 an Bolyai schrieb: 'Unser Hofrath Eschenburg hat vorgestern seine Frau verloren in einem Alter von 47 Jahren. Sie war ein herrliches Weib, und ich zweifle, ob in ganz Braunschweig seit langer Zeit Jemand in seiner Familie so glücklich gewesen ist als Eschenburg. Es ist gewiß, daß das Glück, was die Liebe feiner gestimmten Seelen geben kann, das Höchste ist, was einem Sterblichen zu Theil werden kann. Aber wenn ich mich in die Stelle des Mannes setze, der nach einigen zwanzig seligen Jahren nun auf einmal fein Alles verliert, fo möchte ich behaupten, er fei der unglücklichfte aller Sterblichen und es fei beffer, jenes Glück nie gekannt zu haben. So geht's auf diefer elenden Erde, "auch die reinfte Freude findet in dem Schlund der Zeit ihr Grab." Was find wir ohne die Hoffnung einer beffern Zukunft? Laß uns die Freiheit unferes Herzens behaupten, fo lange es gehen will, und unfer Glück vorzüglich in uns felbft fuchen.' Nun büßte auch er nach einem nicht mindern aber viel kürzern Glücke, daß er über diefe eigenfüchtigen Vorfätze fich in reinfter Liebe hinausgefchwungen hatte.

Als er den beften Theil feines irdifchen Loofes zur Erde beftattet, fuchte er Troft in feinem grenzenlofen Schmerze bei feinen und der Heimgegangenen alten Freunden in Braunfchweig. Von hier nach Göttingen zurückgekehrt, fchrieb er am 18. November an Köppe: 'Mein Aufenthalt in Braunfchweig hat gewiß am meiften dazu beigetragen, mir einige neue Kräfte zur Ertragung eines von den fünf letzten Jahren fo fehr verfchiedenen Lebens wiederzugeben..... Möge der Himmel mir doch die Ueberrefte meines Glücks und mich für meine Kinder aufrecht erhalten!' Und tags darauf an Frau Köppe: ... 'Die in Ihrem lieben Familienkreife verlebten Tage find die frohesten gewefen, die ich auf meiner ganzen Reife gehabt habe. Es hat außer mir fchwerlich Jemand auf der Welt die Vortrefflichkeit der Verewigten in dem Grade gekannt wie grade Sie: Sie waren Zeuge unferer entftehenden Liebe, Sie können am lebendigften in meine Seele fühlen was ich verloren habe. Vor Ihnen konnte ich ohne Scheu meine Thränen fließen laffen, die ich hier nur der einfamen Nacht auffparen darf. Haben Sie nochmals taufend Dank für die der Seeligen gefchenkte Freundfchaft, die fie immer zu den koftbarften Schätzen ihres fchönen Lebens zählte.' Die Spuren feiner heißen Zähren trägt auch diefer Brief augenſichtlich an ſich. Und nach neununddreißig Jahren, am 22. April 1848, ſchrieb er an dieſelbe werthe Freundin bei Gelegenheit eines Geſchenkes mit dem ſie ihn erfreut hatte: 'Ich fühlte mich in die fernen Jahre zurückverſetzt, wo ich ſo manche vergnügte Stunde in Ihrem Hauſe verlebte, wo ich meine erſte Lebensgefährtin kennen lernte, deren früher Verluſt zu den Wunden gehört, die niemals ganz vernarben.'

Dem verwaiſten Haushalt ſtand einſtweilen ſeine Schwiegermutter vor, die zur Pflege der Verſtorbenen nach Göttingen gekommen war. Allein die traute Genoſſin ſeiner Ruheſtunden vermochte ſie ihm natürlich nicht zu erſetzen; für ſeine Kleinen — das dritte Schmerzenskind, 'der arme kleine Louis', folgte der Mutter am 1. März 1810 — ſorgte er um eine ihm inniger verbundene Pflegerin. Und mit der Verewigten wußte er ſich eins, als er ſich am 1. April dieſes Jahres mit der vertrauteſten unter ihren Göttinger Freundinnen, Minna Waldeck, einer Tochter des Hofraths Waldeck verlobte und am 4. Auguſt ſie heimführte.

* * *

XII.

So begann nun sein Leben mehr und mehr auch mit gemüthlichen Beziehungen in der Fremde Wurzel zu schlagen. Und wenn bisher noch täglich seine sorgenden Gedanken nach dem dunkeln Hänschen an der Mühlenstraße herüberflogen, wo seine alte Mutter sich nach ihm sehnte, so wurde bald auch diese Stätte für ihn fremd und bedeutungslos.

Die Mutter nahte dem Ziele der gewöhnlichen Dauer des Menschenlebens. Aller Gedankenaustausch mit ihr war auf die Vermittelung des Bruders, der Mutter Osthoff, der Fremden angewiesen die bei Gelegenheit persönlich mit Grüßen und Bestellungen her- und hingingen; denn sie selbst konnte wohl Gedrucktes, nicht aber Geschriebenes lesen. So wurde die Trennung allmählig für beide Theile in hohem Grade peinvoll. 1817, in ihrem vierundsiebzigsten Jahre, gab sie den Bitten des Sohnes nach und zog zu ihm nach Göttingen, sicher ohne Ahnung, daß sie dieser Wiedervereinigung noch zweiundzwanzig Jahre froh werden sollte. Das Haus an der Mühlenstraße wurde damals verkauft, Bruder Georg nach Maßgabe der auf den Todesfall der Mutter getroffenen letztwilligen Verfügung Meister Gebhard Dietrichs abgefunden.

Natürlich, daß sich die alte Frau in der neuen Umgebung nie völlig eingebürgert hat. Wie sie ihre altgewohnte, halb bäuerliche Kleidung nicht mehr ablegen mochte, so war sie auch nicht zu bewegen, ihre Mahlzeiten am Familientische ihres Sohnes einzunehmen. Sonst aber, hoch in Ehren gehalten, wie eine Patriarchin, bewegte sie sich unbefangen unter den Ihrigen und in dem kleinen Kreise vertrauter Freunde welchen das Haus ihres Sohnes sich öffnete.

Sie war eine treue Hüterin der heimathlichen Erinnerungen. Von Jahr zu Jahr dictirt sie der einen oder andern ihrer Enkelinnen einen Brief an ihren Stiefsohn: Berichte von sich und ihren Göttinger Kindern, fragen nach allen Bekannten und Verwandten in Braunschweig und Velpke: 'wir denken oft hin nach Braunschweig und sprechen oft von Euch'; und fast jedesmal bedenkt sie die Tochter Georg Heinrichs, ihre Pathin Lina, sowie die Kinder ihres Brudersohnes in Velpke mit kleinen Geschenken. Wenn sie Braunschweiger in Göttingen weiß, ist ihr kein Weg zu weit, um dieselben auszufragen und mit Bestellungen zu versehen; auch den auf die Göttinger Märkte ziehenden Honigkuchenhuldinnen weiß sie sich in dieser Absicht anzufreunden. Groß ist ihre Freude, als 1850 Gebhard Gauß, Georg Heinrichs Sohn, auf seiner Wanderschaft bei ihr und dem Oheim vorspricht. Leider lag damals grade Frau Minna Gauß auf dem Krankenlager von dem sie sich nicht wieder erhob. So war denn auf der Sternwarte seines Bleibens nicht; um so mehr aber hoffte die Großmutter ihn nochmals zu sehen, wenn sein Weg ihn wieder vorüberführte. Noch in ihrem siebenundachtzigsten Jahre trägt sie sich mit dem Plane wieder einmal nach Braunschweig zu kommen; erst als nach zwei Jahren ihr Augenlicht fast gänzlich schwindet, giebt sie diesen Gedanken auf.

'Uebrigens ist die alte Mutter', schrieb 1836 Gauß selbst an seinen Bruder, trotz ihrer beinahe 94 Jahre noch leidlich bei Kräften und geht noch zuweilen in die Stadt zu meiner dort verheiratheten ältesten Tochter oder anderen alten Bekannten; nur muß sie sich führen lassen, da sie ihr Gesicht fast ganz verloren hat. Ihr Gedächtniß ist aber noch ganz ungeschwächt.' Dann nach drei Jahren, am 18. April 1839: 'Unsere gute Mutter, die ihr Leben höher gebracht hat, als den meisten Menschen zu Theil wird, ist diesen Morgen sanft entschlafen. Ihr Gesicht hatte sie, wie Du weißt, schon seit längerer Zeit verloren; aber übrigens war sie doch immer für ihr Alter bewundernswerth wohl auf; nur in den letzten Monaten nahmen ihre Kräfte sichtlich ab und sie verließ das Zimmer nicht mehr. Gebe Gott uns Allen ein ebenso sanftes Ende, ein Erlöschen ohne Krankheit.'

Schon am 17. November 1821 war Großmutter Osthoff aus dem Leben geschieden. Zu Universalerben hatte sie ihre beiden Enkel, die Kinder aus Gauß' erster Ehe eingesetzt, jedoch so, daß diese zum Genusse ihres Vermögens erst nach erreichter Volljährigkeit gelangen, die Zinsen — deren ihr Schwiegersohn, wie sie es ansah, zur Erhaltung und Erziehung seiner Kinder nicht bedürfe — inzwischen zum Capitale geschlagen werden sollten. Die peinlichen Verwickelungen welche dieses übelberathene Testament für Gauß selbst nach sich zog, die Einbußen die seine Kinder demnächst erlitten, Einbußen welche die gewissenhafte Curatel Gerhard Schneiders nicht abzuwenden vermochte — diese Dinge mögen in Vergessenheit beruhen bleiben. Es war nochmals ein Fall in dem die alte Heimath sich ihm nicht hold und freundlich erzeigte. —

Einmal hat Gauß dann noch eine Gelegenheit gefunden

seinem Vaterlande unmittelbar zu Diensten zu sein. 'Wahrscheinlich wissen Sie bereits, daß das Herzogthum Braunschweig nun auch trigonometrisch vermessen werden wird. Ich freue mich sehr darüber, daß so eine den heutigen Anforderungen angemessene Karte meines Vaterlandes zur Ausführung kommen wird, und werde in Gemäßheit der deshalb an mich ergangenen Aufforderung sehr gern demnächst alle Mittheilungen aus meinen eigenen Messungen machen, die dazu beförderlich sein können. Einen zwölfzölligen Theodolithen habe ich bereits, auf specielles Verlangen, in München für diese Messungen bestellt.' So meldete er Gerhard Schneider am 6. März 1829. Wie er jenen Erbietungen auch im Uebrigen treulich nachgekommen ist, bezeugen die in den Acten hiesiger Plankammer vorhandenen zehn Briefe, die er während der Jahre 1828—32 an Dr. Spehr, einen seiner früheren Schüler, damals Professor der höhern Mathematik am Collegium Carolinum und ausführendes Mitglied der Landesvermessungscommission, in dieser Angelegenheit geschrieben.

Braunschweig wiederzusehen, mit diesem Wunsche hat er sich auch nach jener traurigen Novemberreise von 1809 noch öfters getragen. Und zweimal wenigstens ist derselbe nach dieser Zeit noch in Erfüllung gegangen.

'Welche Freude wird es für mich sein, wenn es sich ausführen läßt, auf Ostern meine drei Kinder gesund und wohl mit den Ihrigen und denen unserer gemeinschaftlichen dortigen Freunde zusammenzubringen!' schrieb er an Frau Köppe in jenem Briefe vom 19. November 1809. Und am 7. April des folgenden Jahres: 'Ich habe mich den ganzen Winter mit der Aussicht dieser Reise zu erheitern gesucht, obwol immer mit einer geheimen Furcht, daß irgend etwas Unvorhergesehenes meine Hoffnung vereiteln könnte.

Jetzt wüßte ich indeß kein Hinderniß, wenn es nicht der bald wieder anfangende Bau unserer neuen Sternwarte wird. Doch hoffe ich ganz zuversichtlich, daß dieser höchstens die Dauer meiner Abwesenheit wird beschränken und nicht die Reise ganz unmöglich machen können. Wird diese meine zuversichtliche Hoffnung nicht getäuscht, so kommen wir entweder im Osterfeste selbst oder in der Woche nach Ostern nach Braunschweig.' Bedeutungsvoll fügt er hinzu: 'Ich denke, Sie sollen mich etwas heiterer finden, als Sie sich wol vorstellen.' Es war im Werke, die Freunde in Braunschweig mit seiner Neuverlobten, von der man hier noch nichts wußte, zu überraschen. Und so geschah es dann: Mitte Aprils traf er mit den Seinen auf etwa vier Wochen hier ein. Doch hielten diese Tage ihm nicht was er sich davon versprochen hatte: Gegensätze deren Ausgleich nicht in seiner Macht stand, haben ihm manche Stunde verbittert.

Zwölf Jahre liegen zwischen diesem und seinem letzten Besuche in unserer Stadt. Von der Regierung mit der astronomisch-trigonometrischen Vermessung des Königreichs Hannover beauftragt, war er bereits fünf Wochen mit Untersuchung des Terrains in der Lüneburger Haide beschäftigt gewesen, als er anfangs Juni 1822 seine eigentlichen Gradmessungsarbeiten für dieses Jahr bei Lichtenberg begann. Von hier benachrichtigte er am 14. Juni Gerhard Schneider, daß er am 20. und 21. in der Stunde von 10 bis 11 Uhr Morgens, und falls zu der Zeit grade kein Sonnenschein wäre, in der folgenden Stunde, nöthigenfalls auch an den beiden nächsten Tagen Heliotroplicht nach dem Petrithurme werde schicken lassen, um seinen Freunden den Genuß dieses überraschenden Phänomens zu bereiten. 'Wenn Sie diese Glanzlichter sehen, so denken Sie dabei an Ihren Curanden, meinen guten Joseph: denn dieser ist es, der die

Direction lenkt.' Im Spätsommer hoffte er nach Braunschweig zu kommen, und dies ist dann auch wirklich geschehen, aber nicht, wie er wünschte, zu längerem Aufenthalte. 'Meine Vaterstadt', berichtet er selber in dem schon einmal herangezogenen Briefe an Frau Köppe vom 22. April 1848, 'habe ich seit 1821 nicht wiedergesehen, und auch dasmal war ich nur einen Tag dort. Späterhin habe ich alle Reisebeweglichkeit verloren und seit 17 Jahren habe ich keine einzige Nacht außerhalb meines Hauses zugebracht. Immer habe ich auf die Zeit mich vertröstet, wo auch Göttingen von dem Eisenbahnnetz berührt sein würde, und wo ich dann auch leichter es hätte möglich machen können, Braunschweig einmal wieder zu sehen..... Aber leider haben die jetzigen alles umstürzenden Zeitverhältnisse auch jene Hoffnung wieder in die Ferne gerückt, wo bei meinem Alter wenig darauf zu rechnen ist, ob ich die Verwirklichung erlebe.'

Damals war Karl Köppe, waren Gerhard Schneider und dessen Frau längst bei den Todten; nicht gar lange mehr, und auch Frau Dorette Köppe folgte den Anderen nach. Seitdem war Bruder Georg Heinrich der Einzige in Braunschweig an welchem Gauß noch mit einer tiefern Herzensfaser hing; und dieses Band, das seine Geburt gewoben hatte, sollte beinahe mit seinem Leben anshalten. Allerdings, immer seltener seit dem Tode der Mutter gingen Briefe und Botschaften zwischen den Brüdern hin und her; in den letzten Jahren verstummten sie ganz gegen einander. Als aber Georg Heinrich am 7. August 1854 in seinem sechsundachtzigsten Jahre von der Erde geschieden war, antwortete Karl Friedrich auf die Anzeige seines Neffen folgendermaßen:

'Die Trauernachricht Ihres Briefes vom 8. d. habe ich

mit herzlicher Theilnahme empfangen. Es war für mich schmerzhaft, daß ich seit mehreren Jahren ohne alle Nachricht von meinem Bruder geblieben war. So lange der Professor Goldschmidt lebte, blieb ich immer in einiger Verbindung mit Braunschweig, da derselbe jährlich ein Paarmahl dahin zu seinem damals auch noch lebenden Vater zu reisen pflegte, und dann immer Erkundigungen über das Befinden meines Bruders einzog und mir mittheilte. Der Professor Goldschmidt ist nun aber auch schon seit mehreren Jahren todt, ebenso wie alle meine dortigen Freunde aus meinen Jugendjahren. Es ist dies das menschliche Loos, wenn man alt wird. Ich stehe auch schon in meinem 78. Jahre, aber meinem Bruder werde ich nicht gleichkommen, da ich schon seit Jahr und Tag immer mehr die Abnahme der Kräfte fühle. — Ungemein freuet es mich, daß ich aus Ihrem Briefe schließen muß, daß die letzten Lebensjahre meines Bruders durch die treue Pflege Ihrer Mutter, welcher ich mein herzliches Beileid und Grüße zu vermelden bitte, so erleichtert sind, wie der Lauf der Dinge verstattet. — Ich selbst habe meine Vaterstadt seit 33 Jahren nicht wieder gesehen und auch damals nur auf einen Tag. Jetzt ist der Verkehr durch die Eisenbahn bedeutend abgekürzt, da man über Hildesheim oder Hannover jetzt in 6—7 Stunden von hier dahin kommen kann, und vermuthlich nach 1—2 Jahren, wenn die Seitenbahn dahin erst eröffnet ist, in der halben Zeit. Ob ich diesen Zeitpunct erlebe, oder ob meine Kräfte mir erlauben werden, Gebrauch davon zu machen, um meine Vaterstadt noch einmahl wieder zu sehen, steht dahin. Immer aber bleibt mein aufrichtiger Wunsch, daß es Ihnen und Ihren Angehörigen wohl gehen möge.'

Mit diesen Worten verklang die letzte Saite der persönlichen Beziehungen die Gauß mit der Heimath seiner Jugend verknüpften. Noch sechs Monate dann, und auch er 'war nimmer da'.

Dürfte man mit Bezug auf Braunschweig fortfahren: 'Und seine Stätte kannte ihn nicht mehr'?

Wohl gab es fort und fort auch hier Kreise die mit Ehrfurcht und Bewunderung seiner gedachten, und zu officiellem Ausdruck gelangten diese Gefühle, als Gauß am 16. Juli 1849 den fünfzigsten Jahrestag seiner Doctorwürde beging. Herzog Wilhelm verlieh ihm das Commandeurkreuz vom Orden Heinrichs des Löwen, Magistrat und Stadtverordnete boten ihm das Ehrenbürgerrecht der Stadt Braunschweig an, die Directoren und Lehrer des Collegii Carolini widmeten ihm ein feierliches Gratulationsschreiben. Und Gauß selbst, wie gleichmüthig er sonst die äußeren Ehren über sich ergehen ließ welche die dankbare Mitwelt ihm anthat — daß bei diesen Zeugnissen der Anerkennung und Theilnahme seiner Heimath das Herz ihm in froher Rührung aufwallte, zeigen die Dankesworte die er damals hieher richtete.

An den Herzog schrieb er am 2. August:

'Die ehrenvolle Auszeichnung, welche Ew. Hoheit mir bei dem Ablauf eines fnufzigjährigen Zeitraums seit meiner Erwerbung der Doctorwürde auf der ehemaligen Braunschweigischen Landes-Universität, zu verleihen geruhet haben, sowie die huldreiche mir bezeugte Antheilnahme an diesem meinem Lebensabschnitte, würden schon an sich mich zu dem ehrfurchtsvollsten Danke verpflichten. Allein eine noch höhere Bedeutung erhält jene Ehrenbezeugung und meine Dankbarkeit durch meine eigenen früheren Lebensverhältnisse. — Vor Ew. Hoheit darf ich, muß ich diese hier aussprechen. Schon im Knabenalter hatte ich das Glück, daß die Aufmerksamkeit von Ew. Hoheit unvergeßlichem Ahnherrn Karl

Wilhelm Ferdinand sich mir zuwandte, und von da an bis zu der unglücklichen Katastrophe von 1806 habe ich stets Seiner großmüthigen Protection und Fürsorge mich zu erfreuen gehabt. Diese war es, die mich ermunterte und befähigte, in die wissenschaftliche Laufbahn einzutreten, darin zu beharren, und gerade diejenige Richtung zu behaupten, die meiner Neigung am meisten entsprach. Seine stets gleiche Huld versetzte mich in eine Lage, in welcher ich ganz für meine wissenschaftlichen Arbeiten leben konnte, und in welcher ich beharrte, bis das Aufgehen des Brannschweigischen Staats in dem ephemeren Königreich Westphalen mich veranlaßte, diese Lage gegen meine hiesige seitdem nie wieder veränderte zu vertauschen. — Diese großen Verdienste um mich werde ich stets in dankbarer Erinnerung bewahren, und in freudigem Danke verknüpfe ich nun damit die am Abend meines Lebens mir von des verewigten Fürsten durchlauchtigem Enkel jetzt gegebenen Gnadenbeweise.'

Den städtischen Behörden erwiderte er am 5. Folgendes:
'Durch die ehrenvolle Auszeichnung, die mir beim fünfzigjährigen Anniversarium meiner Erwerbung der Doctorwürde von Ihnen zu Theil geworden, bin ich ebenso sehr überrascht als erfreut. Seit 40 Jahren, also während des bei weitem größten Theils jenes Zeitraums, lebe ich von meiner Vaterstadt entfernt, die ich seitdem nur ein Paarmahle auf kurze Zeit und in Folge des Zusammentreffens mancher ungünstiger Umstände (wozu ich besonders das allmählige Abscheiden fast aller meiner Jugendfreunde durch Tod oder Entfernung rechne) in den letzten 28 Jahren gar nicht wieder gesehen habe. Allein das Interesse an Allem, was meine liebe Vaterstadt angeht, ist bei mir immer lebendig, und das Andenken an die Zeit, die ich selbst darin verlebt habe, unaussprechlich theuer geblieben. Selbst die ersten acht

Jahre aus jenem halben Jahrhundert, die ich größten Theils in derselben zubrachte, gehören zu denjenigen Abschnitten meines Lebens, auf die ich, wie in so vielen Beziehungen, so auch in wissenschaftlicher, mit einer eigenthümlich bewegten Befriedigung zurücksehen muß. Durch die großsinnige, von allen kleinlichen Nebenrücksichten entfernte Wissenschaftsliebe des unvergeßlichen Karl Wilhelm Ferdinand genoß ich einer Stellung, wo ich den wissenschaftlichen Arbeiten meine ganze, durch Nichts zersplitterte Kraft widmen konnte, und genoß sie bis zur Auflösung des Braunschweigischen Staats in das ephemere Königreich Westphalen. — Unter solchen Erinnerungen konnte keine Auszeichnung mehr geeignet sein, mein wärmstes Dankgefühl hervorzurufen, als diejenige, an welcher ich erkenne, daß meine theuern Landsleute auch in der Ferne mir ihre Theilnahme schenken und mich gern wie den ihrigen betrachten. Empfangen Sie also, verehrteste Mitglieder des Stadtmagistrats und Stadtverordnete! für dieses neugeknüpfte Band den aufrichtigsten Dank von Ihrem gehorsamen Mitbürger C. F. Gauß.'

Und folgendermaßen hatte er sich am Tage vorher schon gegen Curator, Vorstände und Lehrer des Carolinums ausgesprochen:

'Der Empfang des aus Ihrer Mitte hervorgegangenen Ehrengrußes hat mich auf eine ergreifende Art überrascht und zunächst mit zauberischer Gewalt in die längst verschwundene Zeit zurückversetzt, wo ich Ihrer Anstalt als Zögling angehörte. Indem die Bilder der seit 54 Jahren nicht wieder gesehenen Hallen und der Persönlichkeiten der würdigen Männer, die darin ihre Lehren verkündigten, in den frischesten Farben wieder in meine Erinnerung treten, fühle ich auf das lebhafteste, wie viel ich dieser Anstalt zu verdanken habe, dem ganzen sie durchwehenden liberalen Geiste, den trefflichen Männern, welche damals daran wirkten, einem Ebert, Eschenburg, Emperius u. A., vor Allem aber der väterlichen Freundschaft des edeln, alle meine wissenschaftlichen Bestrebungen auf jede mögliche Weise befördernden Zimmermann. Ich kann den Ausdruck meiner Dankbarkeit jetzt nur noch an die Nachfolger jener Männer richten, an Sie, verehrte Herren, in deren Reihen eine Anzahl schon seit langer, zum Theil schon seit sehr langer Zeit mir persönlich befreundet ist. — Sie verherrlichen in Ihrer ehrenvollen Ansprache mit beredter Sprache die Wissenschaft, welcher ich vorzugsweise mein Leben gewidmet habe, und diesen Theil derselben unterschreibe ich gern mit voller Beistimmung. Möge eine solche Sprache bei recht vielen befähigten Zöglingen Ihrer Anstalt ein Echo finden und zu erfolgreichem Eifer entflammen. — Aber mit Beschämung stehe ich Ihnen gegenüber, indem Sie mich und meine Leistungen weit über Gebühr erheben. Sie haben aus einem sehr verschönernden Spiegel mit sehr parteiischem Pinsel gemalt. Hier muß ich ablehnen, denn ich erkenne darin mich selbst nicht wieder. — Was ich aber annehme, mit freudigem Danke annehme, ist das was ich als Quelle jener Parteilichkeit betrachte, Ihr mir überaus theures Wohlwollen. Erhalten Sie mir solches auch in Zukunft und empfangen Sie, nebst der Bezengung meiner aufrichtigsten Verehrung, zugleich meine herzlichsten Wünsche für das kräftige Fortblühen der Anstalt, welcher angehört zu haben immer wie ein hochschätzbares Glück betrachtet hat Ihr gehorsamster C. F. Gauß.'

So ward auf's neue damals zwischen Gauß und Braunschweig ein ideales Band gewoben, ein Band dessen Aufzug herzliche Verehrung, dessen Einschlag dankbare Erinnerung war. Allein Derer die davon wußten, blieb wiederum nur eine kleine Zahl. Rasch und von den Meisten kaum begriffen verhallte auch der Nachruf welcher dem Heimgange des großen Sohnes unserer Stadt folgte. An dem Hause aus dem er hervorgegangen, ward bald nachher eine Gedenktafel aufgehängt; seit Jahren ist nach ihm auch ein öffentlicher Platz unserer Stadt benannt. Und doch, wie Viele gab es unter uns in diesen zweiundzwanzig Jahren, denen sein Name mehr als ein leerer Schall war?

Nun aber werden wir in unsrer Mitte bald ein Standbild einkehren sehen das seine hehren Züge uns fort und fort leibhaftig vor Augen halten wird. Ihm in die einsamen Höhen seiner Gedankenflüge zu folgen, wird hinfürder und immerdar das Vorrecht weniger Auserwählten bleiben. Eins aber dürfen wir hoffen: daß der tägliche Anblick seiner Gestalt einem liebevollen Verständniß für die ideale Schönheit welche das Leben dieses niedrig gebornen Kindes unserer Stadt zur Erscheinung gebracht hat, auch bei uns, seinen Landsleuten, immer weitere Kreise gewinnen werde.

Pierer'sche Hofbuchdruckerei. Stephan Geibel & Co. in Altenburg.

Verlag von Duncker & Humblot in Leipzig.

Friedrich der Große.
Friedrich Wilhelm IV.
Zwei Biographien
von
Leopold von Ranke.
Preis 4 M. 80 Pf.; ff. geb. 7 M. 80 Pf.

Biographische Denkblätter
aus persönlichen Erinnerungen.
Von
Alfred von Reumont.
Preis 9 Mark.

Inhalt: Elisabeth, Königin von Preußen. — Louise von Bourbon, Herzogin von Parma. — Marquis von Normanby. — Don Carlo Filangieri, Fürst von Satriano. — Wilhelm von Normann. — Giovanni Rosini. — Cesare Alfieri. — Johannes Gaye. — Antonio Coppi. — Dr. Jos. Müller. — Therese Gräfin Spaur. — Luigi Cibrario. — L. C. Ferrucci. — Carl Freiherr von Hügel. — Francesco Bonaini. — Alphonse de Rayneval. — Giancarlo Conestabile della Staffa. — Emanuele Cicogna.

Lorenzo de' Medici,
il Magnifico.
Von
Alfred von Reumont.
Preis 24 Mark.

Verlag von Duncker & Humblot in Leipzig.

Völkerkunde.

Von

Oscar Peschel.

Dritte und vierte Auflage.

Preis 11 M. 20 Pf.

Abhandlungen

zur

Erd- und Völkerkunde.

Von

Oscar Peschel.

Erster und zweiter Band à 10 M.

Neue Probleme

der

Vergleichenden Erdkunde

als

Versuch einer Morphologie der Erdoberfläche.

Von

Oscar Peschel.

Dritte Auflage.

Preis 5 M.